KB057838

어머니

김정현

청소년 005
현대문학선

어머니

정현주 그림

문이당

청소년 판을 내면서

세상의 모든 이치가 그렇다는군요. 안과 밖, 음과 양, 위와 아래 같은 서로 상반된 것들이 조화를 이루어 하나를 만든다고요. 가정 또한 다르지 않습니다. 어머니. 그 이름만으로도 코끝이 찡하고 가슴이 따뜻해집니다. 세상에서 가장 위대한 이름이 '어머니'인 건 바로 그런 까닭입니다.

당신은 참 눈물이 많습니다. 사랑이기 때문이죠. 사랑이 눈물 많은 것은 사랑하는 모든 것들의 아주 작은 아픔마저 그에게는 견딜 수 없는 고통이 되는 까닭일 테죠. 그래서 당신은 언제나 눈물 그렁한데 우리는 그런 어머니의 눈물을 제대로 알아채지 못합니다.

아버지는 가족의 울타리입니다. 바람을 막아 주죠. 또 그는 수레를 끌어가는 사람이기도 합니다. 힘이 들어도 인내하라며 때로는 채찍을 휘두르기도 하죠. 이대로 주저앉으면 뒤로 밀려나는 게 되니까요. 아무렇거나 채찍은 아프고 인내는 씁니다. 사랑의 눈물이 아닌 고통의 눈물을 흘리게도 되죠. 어머니는 그런 때 우리의 눈물을 닦아 줍니다.

이 소설 속의 어머니는 또 다릅니다. 더불어 조화를 이뤄야 할 한

쪽이 사라져 혼자서 두 몫 모두를 감당해야 하는 어머니입니다. 뜻밖에도 세상에는 그런 어머니들이 참 많더군요. 언제나 눈물만 가득한 줄 알았던 어머니에게 그런 강인함이 있을 줄이야. 그러나 그 또한 깊은 사랑의 힘 때문에 가능하다는 걸 뒤늦게야 알게 되는 게 자식들입니다.

어머니의 눈물 뒤에, 억척이라는 이름의 강인함 뒤에 감춰진 다함 없는 그 사랑을 읽었으면 합니다. 더불어 가족은 너와 내가 아니라 우리, 또는 하나라는 것도 말입니다.

후회 없이 사랑하며 살기를 바랍니다.

2005년 가을

김 정 현

1

지금 은수 곁에는 오직 동생 영웅뿐이다. 열여덟 살의 은수에게 이제 겨우 여섯 살 먹은 동생이라니. 가끔은 어색한 느낌이 들기도 하지만, 그래도 은수는 어린 동생 영웅이 그지없이 예뻤다.

초등학교 6학년 어느 봄날, 발그스레한 얼굴로 수줍음을 지우지 못한 엄마가 임신 사실을 처음으로 말해 줬다. 얼마나 놀랍고 당황스럽던지. 흔한 말로 엄마 아빠의 사랑을 빼앗긴다는 속 좁은 시샘 때문이 아니었다. 그저 까닭 없이 때늦은 동생의 출현이 부끄러웠다. 그리고 조금씩 불러 오는 엄마의 배를 마주 대할 때마다 은수는 숫제 고개를 돌려 외면했다. 하지만 점점 엄마의 배가 만삭이 되어 가고, 희끗희끗 흰머리가 비치기 시작하는 아빠가 그 배 속 아기의 발길질에 어색한 환호성을 내지르자, 은수도 점점 그 동생이 궁금해지기 시작했다. 그리고 마침내 아기가 요란한 울음을 터뜨리며 세상 밖으로 얼굴을 드러냈을 때, 은수는 "우와, 울음소리가 영웅감이다!" 소리치던 아빠의 손을 잡고 함께 펄쩍거리며 만세를 불렀다.

처음 동생을 업고 대문 밖 놀이터로 나간 것은 중학교 2학년 무렵이었다. 엄마는 뒤늦게 화들짝 놀라며 "애가 부끄럼도 없이……" 하고 상기된 볼로 눈을 흘겼다. 딸보다 더 오래도록 늦둥이에 대한 수줍음을 떨궈 내지 못하던 엄마, 은수에게는 세상에서 제일 고운 여인이었다.

그즈음, 다니던 회사를 그만뒀다는 아빠는 문득문득 근심 가득한 기색을 내비쳤다. 하지만 은수와 눈길이 마주치면 환한 미소를 지으며 "아빠, 이제는 사장님이야" 하고 너털웃음을 터뜨렸다. 어린 마음에도 작은 불안감이 없지는 않았다. 그러나 은수는 아빠를 믿었고 엄마를 사랑했다. 그리고 그런 일이 일어나리라고는 꿈에서조차 생각하지 못했다.

은수 곁을 처음으로 떠난 사람은 세상에서 가장 믿은 아빠였다.

어느 날 갑자기 낯모르는 사람들의 거친 고함이 집 안을 뒤흔들었다. 그들은 새벽에 초인종 소리와 함께 매서운 눈매의 경찰관을 앞세우고 들이닥쳐 은수의 옷장까지 뒤지며 아빠를 찾았다. 그때 은수는 처음으로 부도라는 말을 들었다.

누구도 걱정해 주지 않았다. 모두 냉담한 모습으로 오직 아빠의 행적만을 캐물었다. 때론 섬뜩한 증오와 '꼴에 무슨 늦둥이는' 따위의 잔인한 말도 서슴지 않았다. 그런 사람들이 미웠다. 무서웠다. 하지만 은수는 아빠를 믿었다. 금세 돌아올 것이다. "고생했지? 별일 아니었어. 미안해" 하고 너털웃음을 터뜨리며.

그러나 아빠의 소식을 듣기도 전에 은수는 정든 집에서 쫓겨나고 말았다. 엄마의 손에 들린 것은 작은 옷가방 몇 개가 전부였고, 은수는 놀란 영웅을 달래느라 미처 책가방조차 챙기지 못했다. 뒤늦게 찾아온 아빠 친구 몇 사람도 그저 허공에 뿌연 담배 연기만 내뱉을 뿐이었다.

어디도 갈 곳이 없었다. 처음 며칠은 난생처음인 초라한 여관방에서 엄마와 영웅을 부둥켜안고 무서움을 견뎠다. 그러나 그것도 단지 며칠뿐이었다. 엄마는 망설임 끝에 여기저기 전화를 걸었지만, 그때마다 힘없이 수화기를 내려놓았다. 그리고 결국 여관 주인의 따가운 눈총에 등이 떠밀려 나오고 말았다.

그때 한 아저씨가 나타났다. 그는 스스로를 아빠의 친구라 했고, 은수는 그를 고마운 분으로 생각했다. 하지만 중단된 공사장 한쪽의 함바집이라는 텅 빈 가건물을 숙소로 내준 그도 어떻게든 아빠를 잡으려는 빚쟁이 중의 한 사람일 뿐이었다. 결국 엄마와 은수, 영웅은 그의 인질이 된 셈이었다.

"이렇게 아무 능력도 없다니…… 엄마가 너무 한심하구나. 미안하다, 은수야."

가건물 숙소에서 지낸 지 며칠이 지났다. 어서 집에 가자며 보채다 잠이 든 영웅을 안은 채 엄마가 초점 잃은 눈빛으로 중얼거렸다. 은수는 그 멍한 눈에서 굴러 떨어지는 소리 없는 눈물방울을 바라보며, 엄마는 너무 곱기만 한 사람이었구나, 생각했다.

공사장 담장 틈 사이로 칙칙한 백열등 불빛이 비치고 있었다. 가뜩이나 늦게 집으로 돌아오는 은수는 걸음이 바빠졌다. 혼자 두고 온 영웅이 눈앞에 아른거리던 터였다.

"누나, 또 나가?"

"으응."

"엄마 찾으러?"

"아, 아니, 잠깐 친구 좀 만나고."

"싫어. 나 심심해."

"텔레비전 있잖아."

"치, 만화 끝나도 안 올 거잖아."

"일찍 올게."

"누나, 정말?"

"응."

"꼭 일찍 와. 나 무서워서 잠이 안 와."

언제나 깊은 잠에 빠져 아침에야 누나를 맞으면서도 영웅은 매번 그렇게 보채었다. 오늘은 점심에 만들어 준 김밥이 맛없다며 내내 심통을 부려 저녁에는 기어이 라면을 끓여 주었는데. 아직 잠들지 않았다면 배가 몹시 고플 것이었다.

은수는 걸음을 서둘러 이제는 폐쇄된 출입문을 돌아 펜스의 틈

새로 고개를 디밀었다.

"아악! 여, 영웅아!"

은수의 입에서 외마디 비명이 터져 나왔다. 방문이 활짝 열린 채 영웅의 머리가 방문턱에 걸쳐져 있는 것이 아닌가.

블라우스가 펜스 모서리에 걸려 찢어지고, 상처 난 살에서 피가 배어 나왔지만, 은수는 미처 그것을 느낄 겨를도 없었다. 가슴이 덜컥 내려앉아 단숨에 달려가 동생을 껴안았다.

"영웅아! 누나야, 괜찮아?"

"……."

다행이었다. 서늘한 가을 한기 속에서도 어린 영웅은 그저 세상 모른 채 깊은 잠에 빠져 있을 뿐이었다. 안도의 한숨이 터져 나오면서 또다시 솟구치는 눈물을 주체할 수가 없었다. 방문을 열어 둔 채 문턱에 기대어 누나를 기다리다가 그대로 잠이 든 모양이었다. 은수는 눈물로 범벅이 된 볼을 영웅의 뺨에 비비대며 참았던 울음을 터뜨렸다.

"으음, 누나, 엄마……."

얼마나 큰 소리로 목놓아 울었는지 은수의 품에서 새근거리던 어린 영웅이 울음 섞인 잠꼬대로 중얼거리며 뒤척였다.

한참 만에 울음을 그친 은수는 낡은 이부자리 속에서나마 편안하게 잠에 빠져 있는 영웅을 물끄러미 들여다보았다. 그러다가 잔뜩 일그러진 표정으로 연방 고개를 내저었다.

더는 견딜 수 없었다. 자신이 아니라 어린 동생을 이대로 둘 수가 없었던 것이다. 가건물이 있는 공사장은 황량한 벌판 한가운데였다. 벌써 가을인데 그곳에는 연탄난로와 전기장판밖에 없었다. 더구나 아저씨는 얼마 후면 전기마저 끊긴다고 냉정한 눈빛으로 비워 주기를 재촉했다. 이제는 엄마가 돌아오리라는 기대도 하지 않았다. 은수는 엄마가 진작에 미쳐 버렸다고 생각했다.

2

영웅은 내내 벌어진 입을 다물지 못했다. 아침에 공사장 가건물에서 옷가지를 챙겨 나와 지하철역 물품 보관함에 가방을 넣을 때만 해도 휘둥그레 놀란 눈이더니, 목적지가 롯데월드라는 것을 알고부터는 지난 몇 달간을 까맣게 잊은 듯했다.

"누나, 아이스크림."

"또? 배탈 나."

"싫어, 괜찮아."

"그래, 하나만 더 먹는 거다."

어쩔 수 없었다. 오늘만은 영웅에게 싫다는 소리를 두 번 듣지 않으리라 다짐하지 않았던가. 은수는 자꾸만 흐려지는 눈망울을 감추느라 또 하늘을 쳐다보며 입술을 깨물었다.

아이스크림을 먹고, 놀이 기구를 타며 웃고 소리치고, 풍선을 사고, 솜사탕을 먹고, 미키 마우스 모자를 사고, 점심으로 피자를 먹고, 또 놀이 기구를 타고……. 영웅은 행복해했지만, 은수는 가슴속으로 흐느꼈다.

"영웅인 어떤 옷 입고 싶어?"

이번에는 근처에 있는 백화점으로 자리를 옮겼다.

"으음, 저기 저거!"

영웅은 이번에도 미키 마우스가 그려진 셔츠를 골랐다. 은수는 셔츠와 같은 미키 마우스 잠바도 함께 샀다. 이제는 미키 마우스가 그려진 구두나 운동화를 사야 했다.

"누나, 오늘 집에 가?"

불쑥 영웅이 엉뚱한 걸 물었다. 은수는 그것이 무슨 뜻인지 알아듣지 못했다.

"응?"

"이젠 우리 집에 가는 거야?"

전에 살던 그 집을 말하는 것이었다. 은수는 엉겁결에 어물쩍 대답했다.

"으응."

"정말? 그럼 아빠, 엄마도 있어?"

"응, 아마…….''

난처했다. 그런데 다행히도 영웅이 더 이상 묻지 않았다. 어쩌면 어린 나이에도 뭔가 이상하다는 것을 알아 버렸는지 모른다. 은수는 괜찮다는 영웅을 굳이 등에 업고 지하 계단을 내려가 보관

함의 가방을 꺼내 들고 택시 정류장으로 향했다.

이제 어떻게 헤어지나. 차라리 이대로 곤한 잠에 빠져 들기라도 하면 좋으련만. 하지만 그것도 난처하기는 마찬가지였다. 잠든 영웅을 그대로 두고 나온다면 내일 아침에는……. 그러나 은수의 걱정에는 아랑곳없이 영웅은 내내 눈빛을 빤짝거렸다.

"아저씨, 응암동으로 가 주세요."

분명 집이 있는 동네가 아니었다. 공사장 가건물이 있는 곳은 더구나 아니었다. 영웅은 예전에 살던 방배동은 알고 있었지만 응암동은 알지 못했다. 그런데도 아무런 질문이 없었다. 슬며시 누나의 손을 움켜잡는 영웅의 손바닥에 땀이 촉촉이 배어 있었다.

아빠의 뒤를 이어 은수의 곁을 떠난 사람은 엄마였다.

엄마의 지나온 삶은 평온했다. 부자는 아니어도 어렵지 않은 가정에서 다정한 형제들과 행복을 누렸다. 별다른 고통이 없었으니 치열한 목표도 없었고, 특별히 고집을 부려 무엇을 추구하지도 않았다. 그리고 아빠를 만났다. 아빠와의 삶도 나름대로 행복했다. 남에게 뒤처지지 않을 만큼의 능력, 누구보다 가족을 사랑하는 애틋함, 아빠는 그리 아쉬운 것도 부러운 것도 없는 엄마의 기대를 저버리지 않았다. 그런데 어이없이 닥쳐온 어두운 먹구름. 그것의 시작은 아빠의 퇴직이었다. 그러나 미리 준비했던 것처럼 오래지 않아 시작된 아빠의 사업. 그리고 다시 평범한 일상…….

그런 엄마에게 뒤늦게, 그것도 갑작스레 닥친 지금의 상황에 무엇을 강요할 수 있을 텐가.

은수는 엄마가 미쳐 가고 있다고 생각했다. 말을 잊어버린 듯 종일 넋이 나가 있다가 문득 어디론가 바쁘게 걸음을 옮기는 때도 있었지만, 이내 더욱 침울한 표정으로 휘청거리며 돌아왔다. 물론 그것이 누군가를 떠올려 전화하려던 것이며, 또 아무런 소득 없이 마음만 상했거나, 공중전화기 앞에서 하염없이 망설이다 그대로 돌아오는 걸음이라는 것을 은수는 모르지 않았다. 그러나 그렇게나마 다른 어딘가를 찾을 수 있을 때는 나았다. 시간이 흐르면서 그런 발걸음마저 점점 뜸해졌다. 그리고 마침내는 영웅이 무어라 보채도 듣는 둥 마는 둥했다. 처음 몇 번, 은수의 학교 문제를 걱정하던 것도 오래지 않아 잊어버린 듯 보였다. 아마 아득한 무의식 속에서 막연히 아빠를 기다리는 것이었으리라. 하지만 그 아빠에게 최소한 당분간은 아무런 희망이 없다는 것을 엄마도 모르지 않았을 것이다. 그럼에도 그렇게 오직 아빠에게만 매달리는 것은 어쩔 수 없는 엄마의 한계였다.

"안녕? 영웅이라고? 호, 정말 장군감이네."

수녀님의 밝은 인사에도 영웅은 굳게 입을 다물었다.

"영웅아, 인사해야지. 수녀님이셔."

"……."

"괜찮아요. 낯설어서 그럴 거예요."

"여기가 어디야?"

잔뜩 화난 표정으로 영웅이 수녀님을 외면한 채 퉁명스럽게 물었다.

"응? 어린이집."

"그게 뭐야?"

"응, 여기 어린이집은 영웅이 같은 아이들이 모여서 노는 곳이야. 유치원처럼."

그러나 영웅은 수녀님의 대답을 가로채며 추궁하듯 은수를 노려보았다.

"아니야. 보육원이지, 여기?"

"아, 아니!"

당황스러워하는 은수의 대꾸에 수녀님이 다시 말했다.

"그래, 아니야. 여긴 보육원이 아니라 어린이집이야."

"아니야, 거짓말이야! 보육원이야!"

"죄송해요, 수녀……."

은수는 그만 두 눈을 감고 손으로 입을 틀어막았다.

한동안 아무도 말이 없었다. 이미 사정을 들어 알고 있는 수녀님도 슬며시 등을 돌려 창가로 향했다. 책상 앞에 붙박인 듯 서 있는 영웅의 눈에서도 소리 없이 눈물방울이 떨어졌다.

얼마나 흘렀을까.

18

"이제 어디 가, 누나?"

먼저 묻는 영웅의 음성에 울음이 가득했다.

은수는 차마 입을 열 수가 없었다.

"엄마 아빠 찾으러 가?"

"응? 으응."

새어 나오는 흐느낌 때문에 은수는 겨우 그렇게 말할 수밖에 없었다.

"나 여기서 몇 밤 자면 돼?"

"응?"

"이만큼?"

양쪽 손가락을 모두 펴 보이며 영웅이 물었다.

그렇게나 많이? 은수는 가슴으로 물었다. 누나는 그렇게 오래 걸리지 않을 거라고 생각하는데, 넌 왜 그렇게 많이 헤아리니? 네가 손가락으로 말할 수 있는 가장 큰 숫자가 그건데, 넌 벌써 그렇게나 멀리 각오했니? 은수는 그저 고개만 끄덕였다.

그런데 불끈 쥔 주먹으로 눈물을 훔쳐 낸 영웅은 벌써 한 손을 흔들어 보였다.

"그럼 갔다 와. 이젠 진짜 약속 지켜. 꼭 이만큼이야?"

양 손가락을 다시 펼쳐 보이던 영웅이 그만 고개를 떨구었다.

"자매님은 어떻게 할 거예요?"

창밖을 향한 수녀님의 음성이 힘겹게 떨렸다. 원한다면 함께 있

어도 좋다고 권하던 수녀님이었다.

"걱정 마세요. 이제 전 어린애가 아니에요. 저는 이제 어른이 돼야 해요."

이를 악물었다가 또렷하게 대답하는 은수에게 수녀님은 긴 한숨을 내쉬며 고개만 끄덕일 뿐이었다.

"사람들이 염치가 있어야지. 남편이 피해를 입혔으면 안에서라도 눈치껏 하든가. 아무튼 집을 비워요. 곧 다시 공사를 시작할 거요, 쯧쯧."

빚을 받아 내려는 속셈으로 엄마와 은수와 영웅을 공사장 함바집에 데려왔던 그 아저씨가 어느 날 불쑥 찾아와 통보했다. 그러나 겨울을 눈앞에 두고 공사를 다시 시작한다는 말은 거짓이었다. 그날 밤 공사장 가건물을 나간 뒤로 엄마는 돌아오지 않았다. 그래도 은수는 엄마를 원망하지 않았다.

그러나 누군가가 떠난다는 것, 그것은 남은 이에게는 버림받는 고통이 된다는 것을 그때는 미처 몰랐다. 그리고 영웅의 앞날을 생각하며 모질게 입술을 깨물던 그때부터 은수의 마음속엔 조금씩 원망이 쌓여 가기 시작했다.

남편, 아내, 아빠, 엄마, 누나, 동생, 이런 따스한 말들은 모두 결국 가족이라는 한 울타리 안에서 사랑을 누릴 때의 이름일 뿐이었다. 지켜 주던 울타리가 부서지고 미처 사랑을 생각할 겨를조차 없을 때, 그것은 오히려 무거운 짐이 되고 더 거추장스러운 장애가 될 뿐이었다.

은수는 이제 엄마, 아빠를 비롯해 자신까지 원망했다. 그것은 그녀 자신이 버림을 받아서가 아니라, 이제 자신도 누군가를 버렸기에 더욱 가슴 아프고 슬픈 현실이었다.

3

남편, 그리고 아빠. 하지만 지금 그의 머릿속에는 온통 다시 일어서려는 집착만이 가득했다. 무엇보다 그는 억울했다. 그토록 허무하게 부도라는 날벼락을 맞은 것은 결코 그의 잘못만이 아니었다. 자신의 잘못이 있다면 그것은 세상을 믿고 원칙을 지키려 했던 어리석음, 그것뿐이었다. 그런데도 모든 책임은 그에게만 덮어씌워졌다. 믿었다는 그 한 가지 사실만으로 감당하기에는 너무도 가혹하고 부당했다. 그래서 그는 더욱 억울한 것이었다.

"대충 이야기는 들었어. 어떻게 된 거야?"

자주 만나지 못하니 점점 멀어지던 친구였다. 아니, 사실 자주 만나던 가까운 사람들은 이제 다시 찾아볼 면목이 없게 된 처지였다.

"아마 들은 그대로일 거야."

씁쓸한 웃음이 절로 나왔다.

"그렇군. 도대체 부도 액수가 얼마나 되는 거야?"

"꽤 많아."

"젠장, 이러니 어디 월급쟁이 그만둘 엄두나 내겠어. 그저 잘리지나 말아야지."

할 말이 없었다. 그러나 사실 그도 사업을 썩 내켜서 시작했던 것은 아니었다. 다니던 회사에서 그렇게 노골적으로 퇴직을 강요하지만 않았다면 굳이 상무보가 되고 전무, 사장이 되지 않더라도 쉬엄쉬엄 평범하게 직장 생활을 끝내고 싶었다. 그러나 드러내 놓고 눈치를 주는데도 모르는 척 미련을 피우기에는 너무도 자존심이 상했다. 또 아내가, 아이들이, 그런 아빠의 처지를 안다면……. 결국 사업이라는 것도 그렇게 내몰려 시작한 것이었다. 그러나 만약 그렇게나마 무엇을 시작하고 다시 활기를 되찾지 않았다면, 아마 그는 지금쯤 다른 사람이 되었을지도 모르는 일이었다.

"그래, 요즘은 어디서 지내? 들어 보니 숙소도 마땅치 않은 모양이던데."

소문이 퍼지지 않았을 리 없었다. 주변의 누군가가 뒤늦은 사업 끝에 부도를 내고 수배자가 되었다면 같은 처지의 또래들에게는 모두 자신의 일처럼 예민하게 느껴지는 것이었으니.

"그럭저럭. 움직이는 것만 자유스러워도 어떻게 해 보겠는데…… 아무래도 시간이 조금 필요할 것 같아."

"그렇겠지. 가족들은?"

가장 먼저 아내가 생각났다. 그리고 티 없이 맑고 밝은 은수와 늦둥이 영웅이 떠오르자 그만 목이 메었다.

"응…… 잘 지내."

"늦둥이도 잘 커?"

용재는 꽤 자상했다. 나이가 들며 잦아진 동창 모임에서 만나, 뒤늦은 술자리로 서너 번 집에 함께 간 적도 있기는 했지만, 그가 이렇게 가족의 안부를 물어 줄 줄이야.

"그럼."

"어디? 외가에서?"

"그래."

그것은 건성으로 하는 대답이 아니었다. 뒤늦게였지만 집달리*에 의해 집에서 쫓겨났다는 소식을 듣고 처가로 전화를 걸었을 때, 그는 아내의 음성을 들었다. 그것이, 무슨 이야기 도중 전화를 받은 듯한 장모님의 질책 사이에 들린 것이기는 했지만, 분명 아내의 목소리였다. 그래서 말없이 수화기를 내려놓으며 그는 안도했었다.

"통화라도 자주 해?"

"아니, 사실 처가에도 피해를 많이 끼쳤어."

"뭐? 허, 참."

*집달리 : 지방 법원 같은 곳에서 재판 결과의 집행 및 기타 사무를 맡아보는 공무원.

은행원인 용재에게는 낯설지 않은 과정이었다. 능력은 이미 직장 생활에서 검증되었고, 희망이 분명한 사업이지만 자금에 허덕이다 보면, 처음에는 은행으로, 제2금융권으로 뛰어다닐 수밖에 없었다. 그때 필요한 건 담보와 보증이었다. 결국 가까운 부모 형제에서 친지, 친구에게 부탁할 수밖에 없는 것 아닌가. 그러나 생각지도 않았던 엉뚱한, 이를테면 아이엠에프의 지원을 받아야 할 정도의 국가 경제 정책 실패로 인한 주거래 기업의 갑작스러운 파산. 누구도 견뎌 낼 수 없는, 최근에 흔히 일어나는 일들이었다.

"가까운 사람 거의 모두에게 그래. 그러니 무슨 면목으로……이제, 방법은 다시 일어서는 수밖에 없어."

그는 애써 웃음을 지으며 새로운 의지를 보여 주려 했지만 그것은 지쳐 있는 모습일 뿐이었다. 그런데도 용재는 수긍하며 관심을 나타냈다.

"그럼, 그래야지. 그런데 계획은 있어?"

"남은 오퍼가 몇 개 있어. 직장에 있을 때부터 거래해 오던 유럽 사람들이야. 서로 충분히 신뢰하는 관계라서 내 쪽 사정을 이해하고 시간을 더 줬어. 문제는 자금과 사람이야."

"품목이 뭔데?"

"몇 가지 돼. 자금은 우선 계약금 일부면 되고, 중요한 건 사람이야. 금액이 큰 건 아무래도 인건비가 싼 중국에 주문해야 하는데, 난 지금 출국이 불가능하잖아. 그걸 대신 맡아서 완벽하게 처리해 줄 능력 있는 사람이어야 돼."

"좋아. 그건 내가 한번 알아보지. 자금만 여유 있게 확보된다면, 내가 직장을 그만둬도 되는 일이고."

"뭐?"

그는 쉽게 대답하는 친구가 오히려 믿기지 않았다. 그러나 이번에는 용재가 맥없이 한숨을 내쉬었다.

"나도 이젠 갈 때까지 갔어. 자꾸만 동기들보다 뒤처지고 드디어는 후배에게까지 밀렸으니. 주식으로나마 그걸 보충해 보려고 무리를 했는데, 요즘 그게 뻔하잖아. 여차하면 집까지 날아갈 판이야. 그래서 퇴직금으로 빚이나마 정리해 보려고 요즘 고민 중이야. 차라리 너처럼 열심히라도 했으면 깨지더라도 경험이나 남아 있지."

어이가 없었다. 결국 겉으로 드러났느냐, 그렇지 않느냐의 차이일 뿐 모두가 그 꼴들이었다.

"사실 요즘 위안이라고는 모두가 다 똑같다는 것뿐이야. 저 친구는 아니겠지 했는데 결국은 그도 마찬가지야. 속았다 싶은 생각도 들어. 공연한 바람에 들떠 몇 사람들 농간에 넘어간 것이 아닌가. 거기다 그 사람들은 아무 책임도 없다는 표정으로 구조 조정만 앞세우고……."

그러고 보니 용재의 은행도 여전히 합병설로 술렁이고 있었다.

"심각한 모양이구나?"

"응, 요즘 40대는 인간도 아니야. 50대는 더 말할 것도 없고. 오죽하면 한탕해서 젊은 여자와 튄 놈들이 똑똑해 보일까. 그러니 가족이란 말뿐이 되는 거고, 허허."

자조적인 그의 웃음이 공허했다. 아마 용재의 가정도 편치는 않은 모양이었다. 하긴 이쯤이면, 융자며 주식이며 모든 것이 들통났을 테니.

"그래도 잘해라. 가족마저 볼 수 없게 되면 그건 정말 힘들다."

"암, 잘되면 당연한 거고 못되면 책임은 혼자서 지는 인생이지만, 그래도 우리는 어쩌지 못하는 가족이라는 새장 속에 갇힌 새들인걸."

"새장? 허허, 그런가."

"아무튼 다시 연락해. 세상엔 아직 희망이 있을 거야. 그만한 오퍼에 동업 투자 조건이라면."

그리웠다. 평생토록 온실 속에서만 살아온 연약하고 고운 아내. 언제나 철이 들까 위태롭도록 맑기만 한 딸. 늦둥이로, 나른한 일상에 청량한 희망이 되어 주던 사랑하는 아들. 더구나 오늘은 작은 희망의 불씨가 보이는 듯도 하지 않은가. 그렇게 기대하지 않았던 용재가 어떤 돌파구라도 마련해 줄 것 같으니. 그는 요즘, 지푸라기같이 하찮은 말 한마디에도 기대를 걸고 의지하며 목이 빠져라 내일을 기다렸다.

4

정말 그녀는 미쳐 버렸다. 아니, 아직 완전히 미친 것은 아니지만 서서히 정신을 잃어 가고 있었다.

당장 밤이슬 피할 곳도 없게 된 어린 자식들. 부도가 난 후 조금만 참고 기다려 보라던 남편의 기약 없는 전화 몇 통. 무엇인가를 해야 했다. 그러나 아무리 모든 것이 한꺼번에 바뀌었다 해도 사람마저 그렇게 쉽사리 변하는 것은 아니었다. 벌써 40년 넘게 살아온 세월이 있었다. 그 세월 동안 한 번도 생각해 보지 않았던 삶이 어떻게 선뜻 받아들여지겠는가.

은수는 라면을 끓여 영웅에게 먹이고 있었다. 부엌으로 쓰는 홀 안에 남은 것은 라면 몇 봉지뿐이었다. 아침에 또 라면을 먹일 수는 없었다. 아이들에게는 아무 말 없이 밖으로 나섰다. 딸 은수가 우두커니 지켜보고 있었다.

그래도 다시 찾아간 곳은 친정이었다. 그사이 두 눈이 퀭하니 들어간 늙은 어머니가 손수 이삿짐을 꾸리고 있었다. 이제 어쩔 수 없이, 평생 손때가 묻은 집마저 내놓고 셋방으로 나가려는 것이었다.

서로 아무런 말이 없었다. 그저 짐을 꾸리고, 우두커니 서서 지켜보고. 무슨 할 말이 있을 텐가. 어떻게 사는지 물어볼 수조차 없는 어머니. 부탁은커녕 당장 무릎을 꿇고 통곡해도 시원찮을 딸.

"어이구……."

어느 순간 털썩 주저앉은 어머니가 마침내 원망과 설움의 넋두리를 터뜨렸다.

"칠십 평생 곱게 살아왔는데 이게 무슨 꼴이냐, 대체 무슨 꼴이야. 지금 네 아버지 연세가 몇인데, 그 나이에 단칸 셋방이 웬말이냐. 아무리 그래도 장인도 부모인데 길거리로 내몰다니……."

전화벨이 울렸다. 어머니는 수화기를 들고서도 한동안 오열을 그치지 못했다. 그녀는 남편임을 직감했다. 그러나 그녀는 아무 짓도 할 수가 없었다. 어머니의 넋두리만 아니었어도 수화기를 낚아채 매달렸을 것이다. 이렇게 눈앞이 아득한데 하다못해 급한 연락처라도 알려 달라고, 굶어 죽어도 좋으니 당장 곁으로 돌아와 의지라도 되어 달라고. 그러나 바꿔 달라고 할 수나 있는 상황인가? 일부러 무슨 이야기인가를 지껄여 목소리만 남편에게 전했을 뿐이었다. 그리고 전화는 금방 아무 대화도 없이 끊어졌다. 어머니도 그가 누구인지 아는 듯한 눈치였다. 더 이상 머물 수가 없었다.

얼마를 걸었는지 모른다. 점점 정신은 몽롱해지고 지쳐 곧 쓰러질 것 같았다. 어디고 들어가 잠시 앉고 싶었지만 어디로 가야 할지 막막할 뿐이었다. 기차역이 보였다. 무작정 먼 곳의 표를 사서 정처 없이 올랐다. 아무것도 떠오르지 않는 회색의 꿈을 꾸며 깜박 잠이 들었다가 눈을 떴을 때는 새벽이었고, 울산이었다. 돌아가야 한다고 생각은 했지만 차비마저 없었다. 처음부터 돈이 없었던 것인지 누가 가져가 버린 것인지, 그것마저도 생각나지 않았다. 당장 어디든 가야만 했다.

"아니, 이게 누고? 혜경이 아이가? 니가 우짠 일이고?"

친구 정숙이 손에 든 바구니까지 내동댕이치며 덥석 그녀의 손을 움켜잡았다. 바닷가에서 횟집을 하는 친구는 새벽 장을 봐서 돌아오던 길이라고 했다.

"들어가자, 뭐 하노?"

쭈뼛거리는 혜경의 등을 정숙이 떠밀었다. 결혼과 함께 울산으로 내려와 이제는 동해 바다 여인이 다 되어 버린 그녀였다.

몇 년 전 남편과의 휴가 길에 우연히 그녀가 하는 이곳 식당에 들렀다가 소식을 안 뒤, 지나치는 길에 몇 번 더 들렀다. 그러나 고등학교 3학년 때 같은 반이었을 뿐 절친한 사이는 아니었다. 그런데도 정숙은 밝은 천성으로 거리낌 없이 그녀를 맞이했다.

"니 꼬라지가 이기 뭐꼬? 무슨 일이고?"

"……."

"그래, 일단 들어가 몸부터 녹이자."

서둘러 아침상을 들여온 정숙은 다짜고짜 제 짐작대로 떠들기 시작했다.

"와? 니 신랑이랑 싸웠나? ……쯧쯧, 그래, 우째 됐든 잘 왔다. 까짓것 다 잊아뿔고 며칠 푹 쉬다 가그라."

넋 빠진 몰골에 차라리 그렇게 여겨 주는 것이 편했다. 혜경은 정숙의 밝은 모습에 잠시 의식을 놓았다. 깨어 있는 것인지 잠을 자는 것인지조차 알 수 없었다. 뜨거운 불덩이 속에서 내내 갈증만 느꼈을 뿐 도무지 아무것도 생각나지 않았다.

"어지간히도 마음고생이 심했구나. 가뜩이나 약한 게 며칠을 끙끙 앓으며 정신없이 잠만 자다, 쯧쯧."

정숙이 이제는 해쓱하다 못해 파리해진 혜경을 앞에 놓고 연방 혀를 찼다.

학창 시절에도 그저 다소곳한 채 조용하기만 하던 친구였다. 턱없이 큰 키에 바람이 조금만 세차게 불어도 금방 날아가 버릴 것 같던 가녀린 체구. 하얗다 못해 따스한 봄볕에도 스르르 녹아 버릴 것 같던 얼음 같은 피부. 세월이 아무리 흘러도 또렷한 기억으로 남아 있는 뽀얗고 가는 손가락.

"미안해. 남편은?"

그 수줍음까지 여전해 혜경은 긴 속눈썹에 짙은 쌍꺼풀 눈을 내리깔았다.

"괜찮다. 니 신랑이 속썩여가 내려왔다 그카이, 찍소리도 몬하고 가게에서 올라오도 몬한다. 지도 이전에 지은 죄가 있거든."

정숙은 킥킥거리며 또 수다를 늘어놓았다.

전에는 그런 정숙의 수다스러움이 거북했는데, 이제는 오히려 편안했다. 그렇지만 아직도 혜경은 아무것도 털어놓을 수가 없었다. 그저 정숙이 떠드는 대로 우두커니 지켜보다가 슬며시 웃는 시늉만 할 뿐이었다. 그리고 어느 정도 기운을 찾으면서 아래층 횟집 주방에도 얼굴을 내밀었다.

"와 이카노? 가만있거라. 이런 일 아무나 하는 게 아이다."

"괜찮아. 다른 건 못해도 설거지는 잘할 수 있어."

"누가 니보고 일하라 카나? 몸도 성찮은 게."

사는 모습은 모두가 마찬가지였다. 아무리 시끄럽고 거칠어도 그곳에도 사람이 있고 정이 있었다. 아니, 오히려 더욱 따스하고 정겨웠다. 한 발 떨어져서 보았을 때는 그 삶이 부끄럽고 서글플 것 같더니만 더불어 손을 적시고 땀을 흘려 보니 전혀 다른 세상이었다. 자신이 너무도 몰랐던 것이다. 그런데도 여전히 혜경의 마음은 열리지 않았다.

"니 소주 마실 줄 아나? 우리 한잔할래?"

새벽녘에 영업을 마친 정숙이 벌써부터 작은 술상을 차리며 깔깔거렸다. 혜경은 문득 그 웃음 속에 감춰진 그늘을 느꼈다.

"너무 오래 있는 거 아이가, 벌써 보름이 넘었는데?"

소주 한 병이 거의 비워질 무렵 정숙이 조심스레 말문을 열었다. 역시, 문득문득 내비쳤던 어두운 기색이 이것이었구나 하는 생각이 들자, 혜경은 처량해졌다.

"응, 그러잖아도 내일 가려고 해."

고개를 떨구며 말하는 혜경에게 정숙은 손사래를 쳤다.

"아이다, 아이다. 그런 뜻이 아이다. 니가 있어서 귀찮다고 가라는 게 아이라, 니 알라들이 걱정돼서 하는 소리다. 가시나, 괜한 오해는……."

아이들? 핑 눈물부터 돌았다. 잊고 있었다. 아니, 완전히 잊은 것은 아니었다. 문득문득 머릿속에 맴돌던 아이들이었다. 다만 어떻게 해야 할지 막막해 애써 무의식 속으로 미뤄 두었던 터였다. 그런데 벌써 보름이라니. 먹을 거라곤 라면 몇 개가 전부인 줄 알면서도. 내가 미쳤구나.

"알았다. 아직도 분이 안 풀린 모양인데, 오늘은 소주나 한잔 묵고 푹 자자."

"정숙아."

"그래, 뭐든 말하그라."

혜경은 마침내 털어놓았다. 머릿속에 맴돌기만 하던 아이들이 정숙의 입을 빌려 눈앞으로 다가오자, 비로소 정신이 번쩍 났다.

누구를 닮았는지 재잘거리는 수다는 끝이 없고, 다 컸는데도 여전히 노랑과 빨강의 원색이 더 잘 어울리는, 살갑게 매달리는 붙임성 때문에 친구들도 많은 은수. 또 영웅은 어떤가. 복이 가득 붙었다는 잘생긴 귀하며, 사내답게 굵은 얼굴선, 말은 늦고 부끄러움을 많이 타지만 그래도 엄마 아빠에게 연방 재롱을 부리는 귀여운 아들. 그러나 지금 벌어진 모든 것은 꿈이 아닌 현실이었다. 더 망설일 것도 못할 짓도 없는 삶이 눈앞에 있었다. 그런데도 그 현실을 망가하러 히둥거리기만 하였다니.

더 펄쩍 뛴 것은 정숙이었다.

"뭐라꼬? 니 미쳤나? 알라들을 거기다 두고…… 당장 가라. 첫차 타고 당장 올라가그라. 그라고 무조건 데불고 여로 온나. 까짓것 장사하는 집에 밥이야 숟가락 하나 더 놓으면 될 기고, 학비야 쪼매 덜 쓰면 안 되겠나? 니가 미쳤지. 그란 걸 와 이제사 이야기하노 말이다."

몸이 달아오르기 시작했다. 혹시 아이들이 그새 쫓겨난 것은 아닌지. 밥은 제대로 먹고 지내는지. 병이 나지는 않았는지. 혹시 잘못되기라도 했다면. 뒤늦은 후회가 자꾸 가슴을 쳤다. 혼자 무엇을 하고 있었던가. 편안히 누워 바다 구경을 하고, 지어 주는 따뜻한 밥을 받아먹으며……. 내가 잠깐 돌았던 모양이다. 만약 무슨 일이라도 생겼다면 그건 모두 내 잘못이다. 그때는 나도…….

그곳엔 정말 아무도 없었다. 공사장 가건물은 펜스의 출입구마저 커다란 자물통으로 잠겨 있었고, 방 안에서는 사람의 온기라고는 도무지 느낄 수 없었다. 흔적은 남아 있었다. 영웅이 입던 낡은 여름옷 두 벌이 아무렇게나 팽개쳐져 있었고, 라면 봉지며 과자 봉지 따위가 방 안에 굴러다니고 있을 뿐이었다.

머리카락이 쭈뼛 서고 눈이 뒤집혔다. 벌써 굶어 죽어 버린 것인가. 누가 데려가기라도 한 것인가.

"은수, 영웅이. 내 자식들 어떻게 했어요? 내 자식들 내놔요. 당장, 당장 내 자식들 내놔!"

혜경의 발악에 공사장 주인도 당황한 기색이 역력했다.

"그, 글쎄, 난 모르는 일이오. 자물쇠는 진작에 잠갔지만, 그때만 해도 둘 다 있었는데⋯⋯."

"아니야, 거짓말. 당신이지! 당신이 내 자식들 어떻게 했지?"

하지만 아무리 발악을 해도 그는 정말 모르는 눈치였다. 다시 전화통으로 달려갔다.

"이게 무슨 소리냐? 은수와 영웅이가 없다니? 너, 아이들과 같이 있었던 거 아니냐?"

어머니도 역시 모르고 있었다. 외갓집에는 연락조차 하지 않은 것이었다.

"윤 서방은?"

"몰라요. 우리, 같이 있지 않았어요. 어디 있는지도 몰라요."

"뭐라고? 그럼 윤 서방이라도 너희 소식을 알 거 아니냐?"

"그이가 어디 있는지도 몰라요. 그이는 아마 우리가 어머니와 같이 있는 줄 알 거예요."

"뭐, 뭐라고? 그럼 그동안 어디서 살았어? 지금 어디야?"

그제야 어머니는 숨 가빠했지만, 더 이상 알린다고 무엇을 어찌할 것인가. 그보다도 당장은 아이들을 찾는 것이 더 급한 일이었다. 혜경은 그대로 수화기를 내려놓고 다시 전화번호를 찾아 여기저기 연락해 봤다.

'어멈아, 그게 무슨 소리냐? 여기는 아무런 연락도 없었는데!'

'아이들이라니요? 그게 무슨 말씀이세요, 형수님?'

'혜경아, 너 어쩌려고? 은수 아빠도 모른대?'

아무도 아이들 소식을 몰랐다. 할아버지, 삼촌, 이모도…….

그 어린것들이 어디 갔다는 말인가. 찬바람은 불어오는데. 세상이 뒤엉켜 흔들거려 한 발도 내디딜 수 없었지만, 그래도 혜경은 미친 듯이 헤매고 다녔다. 이제는 미치려 해도 미칠 수가 없었다. 죽으려 해도 죽을 수가 없었다. 찾아야 했다. 거리를 뒤지고 땅속을 헤집어서라도 자식들을 찾아야만 했다.

5

"너, 미애라고 했냐?"

맥주 상자를 내려놓은 준영이 이제 조금 낯이 익은 여자 애를 돌아보았다.

"예⋯⋯."

여자 애는 아직도 처음 보던 날의 어색함을 떨치지 못한 채 두려운 눈빛이었다.

"많이 힘들지?"

준영은 그저 안쓰러운 마음뿐이었다. 그런데도 여자 애는 잔뜩 겁먹은 표정이었다.

"괜찮아. 내 막냇동생 같아서 그런 거야."

"⋯⋯."

"집에는 전화라도 해? 부모님께 하기 어려우면 오빠나 동생에게라도 연락해. 걱정하실 거야."

그러나 여자 애는 그만 눈자위가 빨개져 쫓기듯 홀 안쪽으로 뛰어가는 것이었다.

"어? 야! 미, 미애…….'"

"왔어? 그런데 무슨 일이야, 준영 씨?"

때마침 주점으로 들어서던 마담이 휘둥그레진 눈으로 물었다.

"별일 아니에요. 그냥 집에 전화 자주 하냐고 물었는데…….'"

"이런, 왜 그런 걸 물어?"

"왜요? 무슨 사연이 있어요?"

"아빠가 부도를 내서 부모가 모두 집을 나간 모양이야. 이제 겨우 여섯 살인가 먹은 남동생은 보육원에 맡겼고. 그러니 돈을 벌어야 한다고 여기 나온 모양인데. 어휴, 말도 마라. 제 아픈 속 모르지는 않지만 술만 취하면 얼마나 엉망인지…….'"

"그래요? 안 그럴 것 같은데. 금방 겁먹고, 눈물이라도 쏟을 것 같은데…….'"

준영은 믿어지지 않는다는 듯 고개를 갸웃거렸다.

누구도 지금 그녀에게서 예전 은수의 모습을 찾을 수는 없었다. 이미 저 스스로 죽었다고 생각했다. 동생 영웅을 성당 어린이집에 버린 그날부터 은수가 아니었다. 이제 그녀는 미애일 뿐이었다.

술집에 나가기 시작한 것은 엄마가 공사장 가건물을 떠난 지 나흘쯤 되었을 때였다. 돈은 없고 라면도 떨어진 채였다. 끓이지도 못한 지하수를 마시고 며칠째 설사를 하는 영웅은 내내 보챘다.

40

은수는 이미 엄마가 떠났다고 미쳤다고 생각했지만, 그래도 기다렸다. 그러나 이제 더는 무작정 기다릴 수가 없었다. 영웅이 때문에 어쩔 수 없이 할머니에게라도 전화를 해야겠다고 거리로 나왔지만 동전마저 없었다. 아니, 어쩌면 친척들에 대한 서운함 때문에 전화를 망설였는지도 모른다.

우두커니 공중전화 부스 옆에 쭈그려 있던 은수 옆에 누군가가 다가왔다. 치렁치렁 빨간 가발을 뒤집어쓰고 번들거리는 옷을 걸친 그 계집아이의 얼굴이 낯익었다. 중학교 때 퇴학당한 동창생 세희였다. 그리고 세희가 이끄는 대로 따라가, 그저 세희 옆에 가만히 앉아만 있었다. 부어 주는 맥주를 몇 모금 마시기는 했다. 그런데도 돈을 받았다. 만 원짜리 몇 장이었다. 서둘러 영웅에게 돌아가려는 은수에게 세희는 제 휴대 전화 번호를 적어 주었다.

허겁지겁 돌아와 보니, 영웅은 배가 고파 울었는지 무서워서 울었는지 퉁퉁 부은 눈으로 낡은 담요 속에서 끙끙 앓는 소리를 내며 웅크리고 누워 있었다. 주머니 안의 돈이 손에 잡혔다. 은수는 영웅을 등에 업고 병원으로 뛰어갔다. 별일은 아니었다. 주사를 맞히고 약을 받고 집으로 돌아왔다. 아침에 눈을 뜬 영웅은 말끔하게 나아 있었다. 오랜만에 하는 군것질에 영웅은 다시 옛날처럼 행복해했다. 그게 시작이었다.

하얀 아침이었다. 밤새 내린 첫눈이 온통 세상을 뒤덮었다. 은

수는 의식이 있는 아침엔 언제나 그랬듯이 오늘도 또 서두르기 시작했다.

"뭐야, 벌써 일어난 거야?"

조심했는데도 덜그럭거린 모양이었다. 미처 떠지지 않는 눈을 비비며 푸석한 얼굴로 세희가 깨어났다.

"아니, 더 자."

"뭐 해?"

"으응."

단정하게 뒤로 묶은 머리, 화장기 없는 투명한 얼굴, 밝은 색 면바지에 하얀 목 셔츠, 연노랑 목도리에 하늘색 면 파카. 세희는 금방 은수가 가려는 곳을 알아챘다.

"오늘도 가려고?"

"……."

대답 없는 은수의 어깨에서 작은 설렘이 느껴졌다.

"이렇게 서두를 거 뭐 있어. 추워서, 나오려면 한참 기다려야 할 텐데."

"아니야, 오늘은 눈이 왔잖아."

"그래, 참 정성이다. 그럴 걸 뭐 하러……."

입술을 삐죽거리면서 세희는 벌써 이불을 걷어 내고 있었다.

"괜찮아. 따라오지 말고 그냥 집에 있어."

"무슨 상관이야. 그리고 뭐, 누가 너 따라간대?"

"......."

더 말해 봐야 소용없는 일이었다. 그렇게 따라나서서 종일토록 곁을 지키며 재잘거리는 세희였다.

우두커니, 놀이터가 보이는 담벼락에 기대섰다. 아직 텅 비어 있는 놀이터의 하얀 눈밭에는 반짝거리는 햇살만 가득했다.

아침밥은 진작 먹었을 테고 어쩌면 지금쯤 간식으로 우유를 마시고 있을지도 몰랐다. 수녀님이 들려준 일과표가 그랬다. 영웅의 고집이 여간 아니라며 걱정도 했다. 뒤늦게 사 보낸 두꺼운 겨울 파카도 도무지 입을 생각을 안 한단다. 그날 헤어지며 사 입혔던 미키 마우스 잠바만 고집했고, 어쩌다 더러워져 빨래라도 하는 날이면 내내 세탁기와 건조대 옆에 지켜 서서 떠날 줄을 모른다고 했다. 아이들이 말을 붙여도 묵묵부답이었고, 수녀님이 무엇을 물어도 오직 '우리 누나 언제 와요?'만 되묻는다는 것이었다.

지난번 이 담벼락 아래에서 또 그런 영웅을 보았다. 모두가 미끄럼을 타고 시소를 타며 웃고 떠들어도, 영웅은 오직 대문 가까이 있는 차가운 시멘트 의자에 꼼짝 않고 앉아 있었다. 그래서 은수는 언제나 미안해하면서도 세희를 기다렸다.

처음 몇 번인가 세희를 통해 좋아하던 피자며 케이크를 들려 보냈지만 영웅은 절레절레 도리질을 칠 뿐이었다. 그런 모습을 먼발치에서 바라보며 은수는 목 놓아 통곡했다. 당장이라도 달려가 품

44

속에 와락 껴안고 세희의 방에라도 데려갈까 망설이고 망설였지만 그럴 수는 없었다. 찌든 술 냄새, 천박한 화장, 너덜거리는 옷가지들…….

영웅이 처음으로 세희를 받아들인 것은 미키 마우스 방석 때문이었다. 언제나 앉아 있다는 싸늘한 그 시멘트 의자. 은수와 세희는 방석을 생각했고 둘은 함께 나가 미키 마우스 방석을 골랐다. 그날 방석을 건네받던 영웅의 눈가에 눈물이 그렁했다며 세희는 밤새 울먹였다. 그리고 은수를 대신한 세희의 노력이 지금껏 이어졌다.

웅성거리는 소리가 들려오면서 아이들의 모습이 하나 둘 보이기 시작했다. 은수는 혹시라도 눈에 띌까 봐 낮은 담벼락 뒤로 몸을 감추면서도 고개는 길게 놀이터를 향했다. 개구쟁이들의 놀이는 눈싸움으로 시작됐다.

영웅의 모습은 아직도 보이지 않았다. 너무 멀어서 얼굴은 보이지 않았지만 은수는 걸음걸이만으로도 금방 영웅을 알아볼 수 있었다. 오늘은 아이들과 함께 눈싸움이라도 하나 차근차근 살펴보아도 영웅은 없었다. 덜컹 가슴이 내려앉고 시간이 흐를수록 바짝바짝 입술이 타서 갈라졌다. 혹시 감기라도 걸린 걸까. 은수는 피가 마르고 가슴이 방망이질로 터져 버릴 듯했다. 안 되겠다. 수녀님께 전화라도 해 봐야지. 공중전화로 향하려던 은수는 문득 제자리에 멈춰 섰다.

미키 마우스가 그려진 하늘색 두툼한 파카를 입은 아이가 조금은 어둔한 걸음으로 뒤늦게 바깥으로 나왔다. 손에 들린 눈에 익은 방석도 그랬고, 분명 영웅이었다. 웬 파카일까? 크리스마스에 선물하려고 수없이 눈여겨보아 와, 이제는 먼발치에서도 작은 무늬 하나까지 금방 그려지는 옷인데…….

몇 발을 걷다가 잠시 멈추고 뒤를 돌아보던 영웅이 은수가 몸을 감춘 언덕을 향해 번쩍 두 팔을 들어 흔들었다. 깜짝 놀란 은수는 어쩔 줄 몰라 그 자리에 그대로 움츠러들었고, 한참 동안 하늘을 휘젓던 영웅은 다시 자신의 자리로 걸음을 옮겼다. 가슴 졸이던 은수의 눈동자는 빨간 노을처럼 물들어 있었다.

"세희, 너…….”

눈은 흘겼지만 가슴은 따스했다. 마치 곁에서 다정하게 속삭인 듯 영웅의 손짓은 아직도 은수의 가슴속에 고스란히 담겨 있었다.

"히히, 놀랐지?”

"그러다가 영웅이가 알면 어쩌려고.”

"그럼 데려와서 같이 살면 되지, 뭐가 걱정이야.”

"…….”

은수는 발 앞의 눈덩이를 기운 없이 걷어찼다.

"그러잖아도 영웅이가 뭘 아는 눈치야.”

입속으로 싸한 아픔이 밀려들었다.

"아무렴 모르겠니? 나만 가면 자꾸 내 뒤를 힐끔거려. 혹시 누

군가를 기다리는 아이처럼. 오늘도 파카를 갈아입히는 동안 내내
그랬어."

감히 말하지는 못했겠지만 선뜻 미키 마우스 방석을 받아 든 그
날부터 영웅은 이미 알 수 있었을 것이다. 왜 모르겠는가. 어쩌면
그 작은 가슴에 너무도 큰 얼룩으로 새겨져 평생토록 지워지지 않
을 그날의 일을.

"옷은 뭐 하러 샀어."

외면한 채 은수는 말머리를 돌렸다.

"첫눈 오는 날 선물로 진작부터 생각했어."

"난 크리스마스 선물로 생각하고 있었는데."

"그랬니? 그럼 크리스마스 선물은 뭘로 할 거야?"

"글쎄."

"너 돈 얼마나 있니?"

잠시 망설이다 던진 세회의 질문이 엉뚱했다.

"……?"

"나도 조금뿐인데…… 둘이 합쳐서 지하실만 벗어날 수 있어
도 좋을 텐데."

"집 옮기려고?"

"응, 이제 땅 위로."

"갑자기 왜?"

"냄새가 안 나야 선물할 수 있을 거 아니야? 크리스마스 선물."

"뭐?"

"영웅이 선물. 크리스마스이브에 우리가 산타클로스 복장으로 가서 데려오는 거야. 영웅이 침대만 하나 사고, 너는…… 그래, 넌 친누나니까 방에서 자라. 난 부엌에서 잘게."

설레는 일이었다. 꿈 같은 일이었다. 그럴 수만 있다면, 정말 그처럼 밝은 햇빛에 어두운 냄새만 날릴 수 있다면 당장 함께 뒹굴며 살아갈 텐데.

"그럼 우리 이번에 아예 가게도 그만둬 버릴까?"

"집은 어떡하고?"

"며칠 동안 계속 문 열어 놓고 선풍기 틀어서 말리자. 그리고 그때부터 우리 아르바이트 뛰자."

세희의 눈에서 불꽃이 반짝였다.

"아르바이트?"

"응, 전에도 해 봤는데 시간당 얼마씩 받는 거야. 혼자서는 도저히 방값도 안 되지만 둘이서 열심히만 하면 될 거야. 그러다 취직이라도 되면 더욱 좋고."

"그게 될까?"

은수는 또 설레었다.

"그럼, 할 수 있어, 있고말고. 그래, 나도 이젠 예전처럼 살지 않을 거야. 다시 태어났다 생각하고 영웅이랑 살 거야."

영웅을 어린이집에 두고 온 뒤 처음으로 먼발치에서만 바라보았던 날 저녁에, 은수는 기어이 술에 취해 미친 듯이 날뛰고 말았다. 그리고 매번 그렇게 반복되는 은수의 모습을 세희는 한동안 우두커니 지켜만 보았다. 어쩌면 그때 세희는 자신과 다르지 않은 은수의 모습에서 스스로 위안을 얻으며 작은 희열을 느꼈는지도 모른다. 그러나 마침내 영웅의 사연을 알게 된 날부터 세희는 조금씩 변하기 시작했다.

함께 나서지 않으면 늦게라도 불쑥 언덕길 담벼락 옆으로 찾아와 영웅을 향한 은수의 꿈을 대신해 주고, 그런 날 저녁이면 처참하게 무너지려는 은수를 곁에서 일으키려 애썼다.

세희 스스로도 이해할 수 없는 일이었다. 그런데도 이제는 제가 먼저 영웅을 걱정하고, 스스로 새 삶을 말하며 잊었던 꿈을 되찾으려 하고 있으니.

결국 그것은 진실의 문제인지도 모른다. 철없다고, 도저히 구제 불능이라고 욕하고 버리기는 했어도 누구 하나 선뜻 나서서 진실을 가르쳐 주지 않았다. 그래서 예민한 아이들은 삶의 참된 진실을 깨닫지 못하고, 반항하며 마침내는 희망마저 포기한다. 그런데 아이들의 그런 사소한 반항을, 어른들은 너희는 안 된다고 섣불리 선을 그으며 외면한다.

그렇게 버려진 세희에게 은수의 갑작스러운 등장은 충격이었을 것이다. 제 기억과는 전혀 다른, 초라하다 못해 처참한 모습. 자

신이 걸어온 길과는 너무도 다른 길 위의 아이. 그래서 오히려 아무런 느낌 없이 그저 우두커니 지켜볼 수 있었는지도 모른다. 자존심조차 내보일 줄 모르는 백치같이 진실한 아이 은수. 그 순백의 진실에 젖어 있는 진정한 따스함. 그것은 버려지다시피 한 세희에게는 진정 원하던 사랑이었고 희망이었다.

이제 세희는 다시 원점으로 돌아가려 하고 있었다. 순백의 은수와 함께 그처럼 맑고 하얀 세상을 꿈꾸며.

"애, 미애하고 세희, 너희 저 방으로 들어가. 귀한 손님들 같은데, 잘 모셔라."

마담이야 자세한 까닭을 알 리도, 그럴 필요도 없었다. 그저 고분고분 이렇게 말썽만 부리지 않으면 그것으로 그만이었다. 어차피 인생이야 저마다의 몫, 그 선택마저 간섭하기에는 그녀의 삶 또한 고달팠다.

"안녕하세요, 김세희예요."

"미애예요."

"그쪽 아가씨는 이름이 뭐라 했지?"

놀란 듯 흘끔거리던 앞자리 손님이 턱짓으로 은수를 가리켰다.

"예, 미애예요."

"미애? 응, 성은?"

"예?"

"성이 있을 거 아니야? 김씨든 이씨든."

별난 사람이었다. 왠지 낯이 익은 것 같기도 했다. 하지만 특별한 기억은 떠오르지 않았다.

"예, 윤, 아니 김미애예요, 김."

은수는 엉겁결에 튀어나온 자신의 성을 어색하게 바꾸었다. 내게도 성이 있었던가. 미애가 되면서부터 누구도 물어 주지 않았고 자신마저 잊어버리고 있었다. 그런데 잊었던 그 성을 감추고 싶은 것은 또 무슨 까닭인가.

"음, 윤미애라……."

"아니, 김미애라니까요."

"아, 김미애. 그래, 집은 어디야?"

"예? 그건 왜요?"

그제야 덜컥 느낌이 이상했다.

"아, 아니야. 그냥, 할 말이 없어서……."

"예에."

그리고 더는 말을 붙이지 않았다. 그저 자신들의 이야기를 나눌
뿐이었다. 어색한 가운데 힐끗거리는 그의 눈길과 마주치기도 했
지만 그 또한 무심히 넘겼다. 의도적으로 외면한다는 생각이 들지
않은 것도 아니었다. 머릿속이 오직 영웅의 생각으로 가득했던 은
수는 미처 아버지 생각을 하지 못했던 것이다.

6

용재가 먼저 나와 기다리고 있었다.

"기다리게 해서 미안해."

"무슨 소리야, 진짜 내 사장님이 될지도 모르는데, 허허."

그의 밝은 표정이 확실한 진척이 있음을 말해 주고 있었다.

"뭐야, 어떻게 된 거야? 정말 가능성이 있는 거야?"

"응, 그 정도 자금은 확보할 수 있을 것 같아. 거래하는 고객 중 한 사람이 투자하겠다고 나섰어."

"뭐? 정말이야?"

"그래. 조금만 더 기다려 봐."

"고맙다, 용재야."

"무슨 소리야. 자네가 고마우면 나도 고마운 거야. 퇴직은 이미 정해진 사실이고 앞으로 뭘 하나 고민 많이 했어. 막상 생각해 보니 아는 게 없더라고. 세상이 너무 복잡해졌어. 한 쪽만 아는 걸로는 아무것도 할 수가 없는 거야. 그래서 식당을 할까 노래방을 할까 생각해 봤는데, 서글픈 건 둘째치고 그게 전부 비전 없는 밥벌이더라고. 벌써 희망을 접기에는 너무 이른 나인데, 안 그래?"

"그렇긴 하지만, 요즘 세상에……."

"세상이 바뀐 거지 인간이나 원칙이 바뀌는 건 아니잖아. 또 집사람도, 한 번 실패한 사람이면 쉽사리 실패하지 않을 거라고 선뜻 동의를 하더군. 내 생각도 그렇고. 아무튼 다시 시작하자. 네 풍부한 경험과 은행원다운 내 조심성이 합쳐지면 잘해 나갈 수 있을 거야."

"그래, 같이 일하던 전무님과 공장장님도 언제든 함께 일하겠다니까 별 차질 없을 거야. 공장장님은 중국으로 보내 제품 검사 책임을 맡기고, 전무님은 바이어에게 보내면 잘될 거야."

"아무튼 넌 복이 있다. 실패한 사장 믿고 따라오겠다는 사람들이 있으니. 이제 드디어 패자 부활전이 시작되겠군, 허허."

인생이 그렇게 순리대로, 애쓴 만큼, 약속한 그대로만 진행된다면 얼마나 좋을까. 잔잔한 호수에도 바람이 일어야 더욱 정겹듯이, 짧지 않은 인생에서 작은 굴곡쯤이야 추억이 될 수도 있는 일이었다. 그러나 인생이 힘겹고 고달픈 것은, 때때로 그 순리의 신이 고개를 돌리고 어느 모퉁이에서 벼랑이 나타나기 때문 아니겠는가. 그것은 또 누구 탓인가. 그마저도 인간 탓으로 돌린다면 신은 너무도 가혹한 것이었다. 인간에게 모든 것은 네 탓이라 질책

한다면, 누가 감히 고달픈 삶의 길을 걸어갈 것인가.

"그래, 식구들은 잘 지내?"

갑자기 묻는 용재의 표정에 그늘이 드리워졌다.

"응, 잘……."

아직도 희망에 들뜬 성태는 무심히 대답했다.

"전화는 자주 해봐?"

"무슨?"

"제수씨나 애들."

"가끔."

무슨 생각을 하는지 고개를 갸웃거리던 용재가 또 불쑥 엉뚱한 질문을 내놓았다.

"부도 난 지 몇 달 됐지?"

"8월에 났으니까 벌써 넉 달이 다 되어 간다."

"넉 달이라…… 변할 수도 있겠다."

"뭐가 변해?"

"세상이. 요즘 같으면 10년이 아니라 넉 달 만에도 얼마든지 세상이 바뀔 수 있지."

"이 친구……."

성태는 아직도 아무런 느낌이 없었다. 그저 넋두리려니 여기고 있었다.

"그런데 네 딸 이름이 뭐였지?"

"우리 딸? 은수."

"아, 그래, 맞다, 은수. 예쁘게 컸지?"

"응, 다행히."

"올해 몇 살이더라?"

"이제 열여덟, 고등학교 2학년이야."

"그래, 내 아들보다 두 살 빠르지. 맞아."

그러고는 또 침묵이었다. 분명 할 말이 있는 듯했다. 그런데도 엉뚱한 세월 타령에 식구 소식만 묻는 게 이해되지 않았다.

"뭐야? 할 말이 있는 것 같은데."

"응, 그래."

또 한참을 망설이던 용재가 작정한 듯 굳은 입술을 떼었다.

"혹시 아닐지도 모르니까 지금부터 내가 하는 말, 오해하지 마라. 내가 잘못 봤을 수도 있으니까. 벌써 안 본 지도 꽤 오래됐고."

그제야 뭔가 느낌이 이상했다. 성태는 꿀꺽 마른침을 삼켰다. 그의 낯빛은 벌써 새하얗게 변하고 있었다.

"며칠 전에 투자 문제를 상의하려고 잠실에 있는 조그만 단란 주점에 갔었어. 그런데 그 집에 있는 윤, 아니 김미애라는 아가씨가 네 딸애와 너무 비슷하게 생겼어. 나이도 그렇고. 하지만 그 아가씨가 날 못 알아보는 걸로 봐서는 아닐지도 몰라. 맞아, 아닐 거야. 나야 눈썰미도 없지만 요즘 아이들이야 어디 그래? 허허, 공연한 소리로 기분을 상하게 했나?"

머릿속에서 천둥소리가 울렸다. 아니라고 몇 번을 부정해도 자꾸만 불안했다.

"분명히 아니었어?"

"응, 이제 생각하니 아니었어. 틀림없어."

"이름이 뭐라고?"

"윤, 아니 김미애. 내가 괜한 소리를 했구나. 아니었어. 가 봐도 아닐 거야. 잠실 종합운동장 건너편 새마을 시장 안에 있는……."

틀림없었다. 분명 아니라면서도 그렇게 몇 번이고 이름을 반복하고 자세한 위치까지 말하고 있다면.

"어머님, 죄송합니다. 접니다."

"오, 그, 그래, 유, 윤 서방."

죄인은 자신인데 늙은 장모님이 더 난처해했다. 숨이 멎는 것 같았다.

"집사람 거기 있습니까?"

"아니, 이 사람아. 이제 와서 자네 처를 나한테 찾으면 어떡해."

원망이 아니라 두려움이 섞인 음성이었다.

"예? 그, 그럼."

"흐흑……."

"아, 아이들은요?"

"어이구, 이 사람아, 그게……."

"은, 은수요! 은수!"

목구멍에서 피가 솟구치는 것 같았다.

"그렇지 않아도 어멈도 아이들 찾느라 제정신이 아니야."

"예? 뭐, 뭐라구요?"

하늘이 무너지는 것 같았다. 그것은 그에게 죽음의 선고였고 하늘도 거부할 저주의 시작이었다. 세상에 그럴 수는 없었다. 누구의 잘잘못을 따질 문제가 아니었다. 자식의 일로 부모의 가슴에 못이 박히면 그것은 영원히 잊지 못할 천추의 한이 된다. 그것에는 이치와 이성도 따르지 않는다. 오직 후회와 증오만 있을 뿐이었다. 부모에게 자식은 세상 그 어느 것과도 바꿀 수 없는 존재이기 때문이다.

한순간에 그의 온몸은 마비되는 것 같았다. 모두가 원망스러울 뿐이었다. 부모가, 형제가, 이웃이, 겨우 이것이었던가.

무작정 뛰었다. 은수야, 은수야! 미친 듯 소리치며 달렸다. 세상에 두려운 것이 없었다. 오직 내 자식, 내 딸만이 눈앞에 어른거렸다. 미쳤다, 내가 미쳤다. 그 자식을 그렇게 버려 두고 내가 여태무엇을 하고 있었던가. 후회가 가슴을 치고, 절망에 숨이 멎을 것만 같았다.

어떻게 그리 단숨에 찾았는지 모른다. 자식의 흐느낌 소리에 이끌린 듯 발길이 저절로 찾아들었다. 눈물인지 땀인지 범벅이 된 희뿌연 시야에 간판이 들어왔다.

"어서 오세……."

지하실 계단을 단숨에 뛰어내려 벌컥 문을 박차는 남자의 시뻘건 눈빛에 마담은 지레 겁을 먹었다.

"은수야, 은수야!"

닥치는 대로 방문을 열어젖히는 소동에 누군가가 뛰어나왔다.

"여보세요, 이봐요!"

"비켜, 새끼야!"

거친 손길에 사내는 그대로 바닥에 내동댕이쳐졌다. 시뻘건 불꽃이 쏟아지는 눈에서는 광기가 번득였다.

"어디 있어? 어디 있어!"

미로 같은 복도를 휘저었지만 은수의 모습은 보이지 않았다. 마담에게 달려가 그녀의 목을 덥석 움켜잡았다.

"은수! 내 딸 은수!"

"그, 그런 애 없어요."

마담이 고통에 떨며 고개를 내저었다.

"거짓말! 그, 그래, 미애, 미애, 어디 있어?"

마침내 사태를 파악한 마담은 더 망설일 사이도 없이 고개를 끄덕였다. 거짓말로 둘러댄다 해서 속아 넘어갈 사내가 아니었다. 입 안 가득 게거품을 문 사내는 이미 악마와 다름없었다.

"저, 저기, 저쪽."

아직도 노랫소리가 시끄러운 방이 남아 있었다. 눈이 뒤집혀 스쳐 지나간 방이었다.

"은수야!"

벌컥 방문을 열자 이상한 낌새에 노랫가락이 멎었다.

"오……."

성태는 끝내 보고야 말았다. 차마 눈 뜨고는 볼 수 없는 그 처참한 광경을.

칙칙하게 붉은 조명, 굴러다니는 술병, 환장한 듯한 흐느적거림, 집에서도 본 적 없는 잠옷보다 더 드러난 옷차림, 몽롱한 시선으로 쳐다보는 아이. 그 아이가 은수였다.

눈을 감고 이를 악물었다.

"개……새끼들!"

이제는 끝이다. 세상은 끝났다. 내가 영원히 죽여 줄 테다. 죽어라! 죽어라!!

닥치는 대로 휘둘렀다. 마이크가 던져지고, 의자가 넘어지고, 술병이 깨지고, 테이블이 뒹굴었다.

"그만! 그만! 제발, 그만!"

찢어질 듯한 고함 소리에 성태는 장승처럼 우뚝 멈춰 섰다.

은수는 머리를 두 팔로 움켜잡은 채 노래방 모니터 앞에 허깨비처럼 서 있었다. 그제야 사내들과 계집아이들이 슬금슬금 도망쳤다.

"뭐 하시는 거예요? 왜 왔어요!"

고개를 치켜든 은수의 얼굴은 온통 설움과 원망으로 뒤범벅이었다.

"으, 은수야."

"은수 죽었어요. 전 미애예요, 미애."

"잘못했다. 아빠가 잘못했다. 그런데 이게 무슨 꼴이냐? 네가 이게 뭐냐구, 은수야?"

아비가 죄인이 되어 자식 앞에 무릎을 꿇었다.

"뭘 잘못했다는 거죠? 언제 아빠가 무엇을 잘못한 날이 있었나요? 언제나 그렇게 말했잖아요. 모든 것은 너희를 위한 일이었다. 다 자식과 가족을 위해 어쩔 수 없는 일이었다고. 그런데 뭐가 어쩔 수 없었다는 거죠? 정말 이렇게 버리지 않으면 안 되었나요? 어느 날 갑자기 영문도 모른 채 거리로 쫓겨났어요. 갈 곳도 없었고, 할 수 있는 것은 아무것도 없었어요. 그저 숨 쉬는 것뿐. 그런데도 우리가 무조건 기다려야 했나요? 기약도 없이, 그저? 그런데도 이게 무슨 꼴이냐고 물으세요? 그럼 어떡해요? 아빠도 없고, 엄마도 없고, 갈 곳도 없고, 아무것도 없는 우리보고 어떻게 하라는 거예요? 어떻게!"

응어리진 은수의 가슴은 마음에 없던 원망까지 더하고 있었다. 이렇게 미워할 마음이 아니었는데. 자신보다 더 상처받고 쓰러져 가는 아빠의 품에 얼굴을 묻고 싶었는데. 들어서던 그 순간, 곧바로 느껴지는 아빠의 체취에 그대로 무너지고 싶도록 가슴이 설레었는데.

"어, 엄마도 없다니?"

또 한 번 놀란 성태는 당장이라도 쓰러질 듯 맥없이 후들거렸다. 그러나 은수는 여전히 어긋난 가슴으로 차가운 독을 뱉어 냈다.

"왜요? 이젠 엄마를 탓할 건가요? 무슨 자격으로요? 다 마찬가지 아닌가요? 아빠는 마치 우리를 위해 크게 희생한 것처럼 말했지만, 그건 결국 아빠 자신을 위한 일이었잖아요. 아빠의 삶, 아빠의 꿈, 아빠의 자존심. 그런데 다를 게 뭐 있어요? 엄마에게도 엄마의 한과 자존심이 있었겠죠. 이제 누구도 다른 사람을 탓할 자격은 없어요. 모두 자신이 선택한 삶을 살면 그뿐이에요. 이제 저는 저일 뿐이에요. 은수든, 미애든, 그게 무슨 상관이에요? 이젠 간섭하지 마세요. 어차피 한 번 버렸으면 그것으로 그만이잖아요!"

할 말이 없었다. 은수 말이 맞았다. 변명의 여지가 없었다. 착각이었다. 다시 일어서기만 하면 그것으로 모든 것이 되돌려지는 줄 알았다. 하지만 그렇게 되돌려지는 것이 아니었다. 차라리 함께 거리로 나앉고, 함께 고통당하고, 함께 통곡하는 것이 진정한 가족인데, 어리석었다. 끝내 이렇게 더 갈 곳 없는 막다른 수렁에 이르러서야 그것을 깨닫다니. 뒤늦은 후회가 성태의 가슴을 갈가리 찢었다.

"그, 그럼 영웅이는?"

은수가 휘청거렸다. 아무리 모진 억지를 부려도 동생 이름 앞에서는 눈앞이 아득했다. 눈물이 쏟아졌다.

"뭐야? 어떻게 된 거야, 영웅이?"

아빠가 버둥거린다고 느꼈다. 죽어 가는 순간 마지막 발악 같은 허우적거림. 어쩌면 저대로 죽어 버리는 것이 아닌가 싶었다. 그런데도 은수는 조금도 두렵지 않았다. 아마 지금 아빠의 절박한 심정도 그럴지 몰랐다. 씻을 수 없는 죄책감. 차라리 눈을 감아 모든 것을 끝내 버리고 싶은 그런 절망감. 다르지 않았다. 은수도 영웅 앞에서는 무엇 하나 다르지 않은 또 하나의 부모였다.

"여태 영웅일 생각하고 계셨어요?"

아이의 목소리가 무섭도록 차분했다.

"……."

"그런 아빠가 여태 뭐 했어요? 엄마나 저는 걱정하지 않아도 돼요. 하지만 영웅인 아니잖아요. 아무것도, 정말 아무것도 할 수 없는 어린아이잖아요. 아빤 다 용서받아도 영웅이에겐 결코 용서받을 수 없어요. 엄마도 용서받을 수 없어요. 저도 용서받을 수 없구요. 그 애가 얼마나 놀랍고 두려웠으면 아빠도 엄마도 찾지 않아요. 벌써 이제 이별이구나 생각하며 혼자서 눈물만 닦았어요. 소리 내어 울지도 않았구요. 그러고는 뭐랬는지 알아요? 누나 언제 올 거야 하며, 이만큼만 자면 되냐며, 제 열 손가락을 한꺼번에 들어 보였어요. 그게 영웅이에게는 가장 긴 시간인데 벌써 그걸 각오하고 있었다구요. 어린이집에서, 아니 아빠 엄마 그 누구도 없는 아이들이 모여 사는 보육원에서 지금도 하루 종일 대문만 지켜 보고 있어요. 차가운 시멘트 의자 위에 쪼그려 앉아, 눈이 내려도 그대로 뒤집어쓰고요. 누굴 기다리겠어요? 그런데도 아빠가 정말 영웅일 잊지 않았다고 말할 수 있어요? 정말요?"

"아!"

성태는 귀를 막았다가 머리를 쥐어뜯으며 바닥에 쓰러졌다. 은 수가 울음을 터뜨리며 밖으로 뛰쳐나갔다.

"잠깐만, 미애야!"

밖에 있던 준영이 고함치며 은수를 뒤쫓았다.

쓰러진 성태의 입에서는 비통 어린 원망이 흘러나왔다.

"하늘이시여…… 영웅아……."

하늘이 있다고? 신이 있다고? 모두가 거짓말이었다. 세상은 하 늘도, 신도, 빛도 모두 사라진 그저 암흑일 뿐이었다. 아무런 생각 도 떠오르지 않았다. 이젠 죽음마저도 잊었다. 아득한 나락, 캄캄 한 수렁뿐이었다.

"으, 은수야, 은수야!"

뒤늦게 정신을 차린 성태는 딸의 이름을 외치며 달려 나갔다.

"오, 안 돼, 은수야! 어디 있니, 어디……."

이미 사라져, 보이지 않는 딸의 뒤를 쫓아 거리를 휘젓기 시작 했다.

눈부신 조명, 저마다 바쁜 종종걸음들. 세상은 그와 상관없이 그대로 있었다. 사라진 것은 하늘이 아니고 아빠였다. 죽은 것은 신이 아니라 가족이었다. 이렇게 모든 것이 끝나는가 싶었다. 믿기지 않았다. 가족은 하나라고 생각했다. 이처럼 나약하게 흐트러질 가족이 아니었다. 그런데 무너지고 흔적만 남았다. 그래도 찾아야 했다. 되돌려야만 했다. 지켜야 했다. 그까짓 상처쯤이야 다시 하나가 되어 어루만지면 아물 수 있을 텐데.

길 건너에 은수의 모습이 어른거렸다. 까만 드레스를 입은, 키가 훌쩍 큰 은수의 환영이 걷고 있었다. 성태는 이번에도 놓칠까봐 도로를 향해 뛰어들었다.

"은수야! 은수야!"

겨우 따라잡은 준영은 은수의 어깨 위에 제 잠바를 걸쳐 주었다. 바람은 매섭고 공원은 황량했다. 얇은 드레스 차림의 여자 애는 들썩거리는 어깨짓을 멈추지 않았다. 우두커니 지켜보는 준영의 귓전에 앰뷸런스의 사이렌 소리가 요란스레 스쳐 갔다.

그런 사연이 할퀴고 있었구나. 위로해 주고 싶었지만 무슨 말을 해야 할지 알 수가 없었다. 조금씩 잦아드는 흐느낌 뒤에 은수가 추운지 온몸을 떨었다.

"이제 그만 들어가자."

"……."

"용서해 드려. 상처 입은 사람이 먼저 용서해야 진정한 화해가 된다. 아마 너희 아빠, 한시도 너를 잊은 적이 없을 거야. 믿었기에 잠시 당신 뜻대로 발버둥 쳤을 거야."

은수가 자리에서 일어났다.

"어디로 갈 거야?"

갈 곳이 없었다. 집으로 가기도 망설여졌다. 마담이 집을 알지는 못했지만, 세희가 있었다. 그리고 무엇보다 엉망으로 뒤엉켜 버린 지금 이대로 아빠를 만날 수는 없었다. 생각조차 못했던 갑작스러운 만남이었다. 어떻게 해야 할지, 어디부터 잘못된 것인지 도무지 혼란스럽기만 했다.

"갈 데가 없어요."

"기다리실지도 모르는데?"

"나, 아빠 안 만나요."

기운은 없었지만 차가운 목소리였다.

"그럼 어디로 갈 거야?"

"나 어디서 하룻밤만 재워 주세요."

은수는 오기를 부리고 있었다. 준영은 그런 은수가 안타까웠다.

"그럼 집으로 가. 가게에서 집을 아니?"

은수가 고개를 내저었다.

"됐네, 그럼. 차비도 없을 텐데. 가자, 데려다 줄게."

"찾아올지도 모르잖아요."

은수는 분명 두려워하고 있었다. 미움이 아닌 두려움이라면 시간이 필요할지도 모른다고 준영은 생각했다.

"가게에서 모르고 있다면 금방 찾을 수는 없을 거야. 집에서 자고 내일 다시 생각해 봐. 당장 그 옷차림으로 어딜 가."

"……."

"가자, 어서."

준영이 망설이는 은수의 등을 떠밀었다.

7

그렇게 소리치며 원망을 한 건 변명이 아니었을까. 용서를 빌어야 하면서도 그럴 수 없어 부린 억지는 아니었을까. 진정 아빠를 미워해 탓한 것일까.

"어떡할 거니?"

"으, 응?"

상념에 빠져 있던 은수가 화들짝 놀랐다.

"당장 쳐들어오면 어떡해, 너희 아빠?"

말은 그랬지만 세희의 표정은 불안해 보이지 않았다. 은수도 문득 두려운 빛을 띠기는 했지만 이미 체념의 기색이 역력했다.

"쯧, 하긴 뭐, 마담 언니 얘기로는 다시 오시지 않았다니……."

어젯밤에는 그저 당장 어디로든 도망갈 생각뿐이었다. 그런데 세희가 들어와 그 뒤로는 아무 일도 없었다는 말에 하룻밤쯤은 괜찮겠지 생각하며 뜬눈으로 밤을 지새웠다. 그리고 아침부터 어디로 가야 할지 결정도 못한 채 무작정 짐을 꾸리기 시작했다. 그러나 스스로도 정말 떠나고 싶은 것인지 망설여졌다.

"야, 갈 데도 없는데 그냥 있어 봐. 아무튼 가게에 오셔야 내 전화번호라도 알 거 아니야."

"그렇겠지?"

"그럼, 어떻게 아냐? 그리고 전화번호를 알아도 내가 안 가르쳐 주면 어떻게 집을 찾아? 전화번호 주소는 친구 오빠네로 되어 있는데."

가려운 곳을 긁어 준 셈이었다. 진작부터 쉽사리 찾을 수 없으리라는 생각이 자꾸만 맴돌았다. 갈 곳이 없어서라기보다는 왠지 머물러 있고 싶었다. 다만 내가 혹시 아빠를 기다리는 것이 아닌가 하는 짜증스러운 오기가 생겼고 세희가 의식되었을 뿐이었다.

방문 앞에는 꾸리다 만 가방이 널려 있었고 세희는 또 이불을 뒤집어쓴 채 방바닥에서 뒹굴고 있었다.

정말 아빠는 우리를 버렸던 것일까. 진정 아빠 자신만 생각하며 우리를 잊고 있었던 것일까. 어쩌면 아빠보다도 아빠를 더 잘 알고 있는 건 바로 은수 자신인지도 모른다. 그렇다면 그렇진 않았을 것이다. 아빠는 애가 타고 피가 말랐을 것이다. 그런데 왜 그런 비난을 퍼부었을까. 내 마음 어느 곳에 그토록 많은 미움이 쌓여 있었던 것일까. 영웅이를 두고 온 그날부터 원망이 쌓여 갔지만, 그래도 그리움이 더 컸는데. 그저 잊어버리려고 애써 생각하지 않은 것뿐이었는데……. 혹 그 퍼붓던 원망이 스스로를 향한 발버둥은 아니었을까. 갑자기 돌아본 자신에 대한 두려움과 후회, 용서되지 않는 안타까움.

"너 돈 얼마나 모았니, 은수야?"

풀썩 이불을 걷어 내며 세희가 일어났다.

무슨 영문인가 하면서도 은수는 고갯짓으로 비키니 옷장 아래를 가리켰다.

"어디, 한번 보자."

"갑자기 돈은 왜?"

"응, 그냥. 쯧, 돈이 얼마나 더 모이면 될까 했지. 크리스마스도 며칠 안 남았고. 그런데 이젠 필요 없겠다."

"왜?"

"아무래도 넌 떠나게 될 테고, 이제 나만 또 혼자가 되는 거지, 뭐. 그래도 너하고 둘이라서 행복했는데…… 아, 이젠 외로워서 어떻게 살지?"

장난기 뒤에 감춰진 쓸쓸한 세희의 표정이 가여웠다.

"나 안 가."

"쳇, 그럼 영웅인 어떻게 하고?"

"……"

"나 원 참, 꼭 뭔가 속은 기분이야. 진짜 내 동생 같았는데."

"영웅이만 보내지, 뭐."

"잘도 떨어지겠다. 나도 이렇게 보고 싶은데."

세희의 말이 옳았다. 말은 쉽사리 내뱉었어도 또 영웅과 헤어진다는 것은 상상조차 하기 싫은 일이었다.

"아무튼 난 못 가. 생각해 봐, 어떻게 갈 수 있겠니?"

"왜? 왜 못 간다는 거야?"

"……."

말 없는 은수의 눈길을 따라 세희도 꺼내 놓은 돈다발에 시선을 멈추었다. 무슨 짓을 했던가, 어리석게도.

진작부터 부스럭거리던 세희가 마침내 벌떡 이불을 박차고 일어나 앉았다.

"어유, 속 터져!"

"뭐가?"

"야, 우리 저지르자."

"뭘?"

"영웅이 데려오자. 크리스마스이브까지 기다릴 것도 없이, 내일 당장."

"뭐? 아니, 내일 당장? 어디로?"

"어디긴 어디야? 여기지. 벌써 얼마를 못 본 거야?"

"얘가……."

은수는 눈을 흘겼지만 세희는 그새 들떠 있었다.

"안 될 거 뭐 있어. 우리 벌써 며칠째 술도 안 마셨는데. 괜찮아, 냄새 하나도 안 나."

"냄새만 안 나면 돼?"

"그럼, 뭐가 문제야? 집이야 당장은 자주 환기시키면 되고. 이제 천천히 옥탑방이라도 알아보지, 뭐. 전에 옥탑방에도 살아 봤는데, 아주 죽여. 경치가 짱이야. 특히 겨울에는 아침에 문 열었을 때 옥상에 눈이 소복이 쌓이면 환상적이야, 환상적. 그림이라니까. 정원이 따로 있냐? 어때, 괜찮지?"

"참……."

"어차피 이 방 보증금 빼려면 조금 걸려. 그동안 가만히 기다리면 뭐 하냐. 당장 가자. 나가서 영웅이 침대도 사고. 아니, 침대는 나중에 사자. 이삿짐 골치 아프다. 우선 영웅이 이불하고 옷 몇 벌, 그래 속옷, 그건 당장 있어야 돼. 그리고 또……."

어이없어하는 은수는 안중에도 없이 세희는 혼자서 열심히 떠들어 댔다. 단순하고 급한 성격이기도 했지만 하루라도 빨리 영웅과 함께 살고 싶은 작은 꿈 때문일 것이다.

"그만 해. 당장 생활비도 그렇고."

"우리, 돈 있잖아."

"그게 얼마나 된다고?"

"야, 까짓것 우선 쓰고 보는 거야."

"그러고 나서는?"

은수의 정색에도 세희는 태연했다.

"걱정하지 마. 우리 둘이 아르바이트 뛰는 거야. 한 사람은 영웅이를 돌봐야 되니까 둘이서 교대로 열두 시간씩, 그럼 한 시간에 2천 원씩만 해도 하루에 4만 8천 원, 한 달이면…… 어쨌거나 백만 원이 넘는다. 그 정도면 충분하겠다."

"세희야……."

모르지 않았다. 얼마나 정이 그리웠으면……. 그러나 은수에게는 아직 터무니없어 보였다.

"혼자 잘난 척하지 마. 이젠 망가져도 나 혼자 망가져."

"뭐야?"

"넌 원래 타고난 범생이지만 난 아니야. 그러니까 내 인생에 끼어들지 마."

"넌 무슨 말을 그렇게 하니?"

"내숭 떨 거 없어. 넌 속으로 날 비웃고 있잖아. 아니야?"

예전으로 되돌아간 듯한 세희의 싸늘함에 둘 사이에 거친 다툼이 시작됐다. 설움에, 억누르고 외면해 왔던 눈물이 북받쳐 마침내 터지고 만 것이었다. 그들은 그렇게 흐느꼈지만, 힐끔 돌아보면서 눈길이 마주치자 서로 멋쩍어 피식 쓴웃음을 지었다.

퉁퉁 부은 눈두덩으로 함께 집을 나섰다. 처음부터 승자가 없는 다툼이었다. 겨울 하늘은 눈이 부시도록 파랗고 가슴은 찬바람으로 시원했다.

"어디부터 갈까?"

걸음을 서두르는 세희가 물었다.

"글쎄."

"백화점부터 가자. 우선 영웅이 밥그릇하고 속옷부터 사게."

"그래, 그렇게 해."

산동네 아랫길 입구에 술병이 가득 실린 트럭이 서 있었다. 아직 정오도 되지 않았는데 동네 슈퍼에 배달 나온 것인가 하고 무심히 여겼다.

"어이, 꼬마 아가씨들!"

쉬지 않고 떠들어 대는 세희의 이야기 사이로 귀에 익은 음성이 들려왔다. 술 배달 아저씨였다. 낯이 화끈거렸다.

"아, 안녕하세요."

"꼬마 아가씨가 뭐예요?"

"허, 이 친구는 보자마자 시비일세. 그럼 꼬마 아니야?"

준영의 얼굴에 장난기가 가득했다. 그날의 어색함을 덮어 주려는 배려였다.

"아니, 몇 살이나 먹었다고, 꼬마 꼬마 해요?"

"넌 고등학생 나이고, 난 군대도 갔다 왔으니까."

"벌써 군대를 갔다 와요?"

"그래."

"어디요?"

"공익 근무."

"뭐요? 에이, 어쩐지."

세희와 스스럼없이 주고받는 농담에 그날의 부끄러움이 조금은 가셨다.

"오늘, 아주 좋은데."

"뭐가 좋아요?"

"모든 게 다. 오늘 아침 하늘 같아."

화장기 없는 얼굴, 그에 걸맞은 차림새, 뒤로 묶은 생머리를 두

고 하는 말일 것이었다. 그냥 넘어갈 세희가 아니었다.

"아침부터 진짜로 왕재수네. 그날 이 친구 도와주지만 않았으면……."

"참, 그날 고마웠어요, 아저씨."

은수가 새삼스레 인사를 차렸다.

"고맙기는. 그런데 미애, 아니 은수 너 괜찮아?"

"예, 괜찮아요, 아저씨."

"어허, 아저씨가 뭐야? 난 준영이야, 서준영. 그런데 은수는 이름을 알고 있는데, 넌?"

"난 세희예요, 김세희. 그런데 여긴 어떻게…… 배달이에요?"

뒤늦게 이상한 낌새를 챈 세희가 동그랗게 눈을 떴다. 주점과도 거리가 먼 이곳까지 배달 왔을 리는 없었다.

"후후, 아니야. 사실 나 저녁 시간만 빼고 그동안 여기서 계속 기다렸어. 괜히 걱정돼서……."

무엇이 걱정되었는지는 굳이 따질 필요가 없었다.

"낮에는 시간이 많은 모양인데, 차는 있어요?"

세희가 더 이상 준영의 관심을 거론하지 않은 것은 다른 생각이 있어서였다.

"차? 이거 있잖아."

"그거 말고 폼 나는 승용차 말이에요. 빌릴 데도 없어요?"

"그건 왜?"

"글쎄 대답부터 해요."

"빌릴 수야 있지."

"좋아요, 됐어요. 그럼 내일 아침에 차 가지고 이리로 와요."

은수는 그제야 세희의 속셈을 알아챘다. 영웅을 데리러 가는 데 쓰려는 것이었다. 갑작스럽고 일방적이기는 했지만 은수는 세희가 하는 대로 내버려 둘 참이었다. 영웅에 대한 세희의 정은 점점 무조건적인 것으로 변해 가고 있었다. 이제 곧 아빠나 엄마의 품으로 돌아갈 것이 분명하기에 더욱 그럴 것이었다.

8

　오늘은 수녀님의 손길이 더욱 세심했다. 아침 일찍부터 서둘러 직접 머리를 감기고 세수를 시켜 주고, 아침밥을 먹은 뒤 양치질을 해 주고, 그저께 입었는데 옷도 모두 갈아입혀 주고. 무슨 까닭인지는 몰라도 자꾸 뺨을 비비고 이마에 입술을 맞추고, 문득문득 눈동자에 빨간 그림자가 드리워지기도 하고……. 보이지 않는 일렁거림이 어린이집에 가득했다. 다른 아이는 몰라도 영웅은 분명 느끼고 있었다. 보는 수녀님마다 툭툭 머리를 건드리기도 하고, 엉덩이를 두드리며 빙그레 웃어 주기도 하였다. 이상한 일이었다.

　간식 시간이 지나고 영웅은 겨우 그 수선스러움에서 벗어나 또 자신의 그 자리로 향했다. "추운데 오늘은 형들이랑 같이 공놀이를 하지" 하며 언제나 뭐라고 한마디씩 하던 수녀님이 오늘은 그것도 잊으신 모양이었다. 아무튼 영웅은 미키 마우스 방석을 시멘트 의자에 깔고 싸늘한 한기에 잔뜩 웅크리며 앉았다.

영웅은 분명 그 누나가 은수 누나의 친구라고 생각했다. 그런데 벌써 한참 동안 나타나지 않는 걸 보면 은수 누나의 친구가 아닐 수 있다는 생각도 들었다. 누나 친구라면 절대 쉽게 잊지는 않을 텐데. 그럼 은수 누나도 그렇게 날 잊은 것은 아닐까. 영웅은 정문을 향해 앉아 있으면서도 문밖을 내다보는 일은 하지 않았다. 언젠가부터 그렇게 변했다. 아무리 내다봐도 오지 않는 사람들. 영웅도 기다리다 지쳐 버렸는지 모른다.

영웅은 벌써 엄마 아빠에 대한 기억이 가물거렸다. 머리가 나빠 잊은 것이 아니라, 진작에 엄마 아빠에 대해서는 체념했기 때문이다. 그래서 누나에 대한 기억이 더욱 간절했다. 그러나 이제 영웅은 그 누나에 대해서도 점점 체념하고 있었다. 열 손가락 모두를 벌써 몇 번이나 접었다 폈는데도 누나에게서는 도무지 소식이 없었다. 세희 누나가 다닐 때만 해도 분명 누나의 친구려니 생각하며 간절히 기다렸었다. 아무리 손가락이 수없이 접혀도 또다시 기다릴 수 있었다. 그러나 이제는 점점 자신이 없어졌다. 영웅은 힐끔 마당의 아이들을 돌아보며 보이지 않는 한숨을 내뱉었다.

"영웅이 오늘은 누굴 기다려?"

언제 왔는지 수녀님이 곁에 앉으며 다정하게 물었다.

"……."

"세희 누나?"

영웅은 말없이 고개를 내저었다.

"그럼 은수 누나?"

이번에는 영웅이 그저 묵묵히 고개를 떨궜다.

"은수 누나 기다리는 모양이구나. 그런데 세희 누나는 왜 기다리지 않아? 영웅이 굉장히 예뻐했는데."

"그 누나는 누나가 아니었어요."

"왜 누나가 아니야? 나이도 누나하고 같은데?"

말뜻을 알아듣지 못한 수녀님의 질문에 영웅은 또 입을 닫았다.

"영웅이, 엄마 아빠 보고 싶지 않아?"

보일 듯 말 듯 영웅이 고개를 가로저었다.

"왜?"

수녀님은 영웅이 엉뚱하다고만 생각했다.

"엄마 아빠는 오지 않을 거니까요."

"뭐? 그럼 누나는 오고?"

아무런 반응이 없었다. 자신이 없는 모양이었다.

"수녀님 생각에는 우리 영웅이 누나도, 엄마도, 아빠도, 모두 만날 것 같은데?"

영웅은 그제야 고개를 끄덕였다. 하지만 그것도 내키는 고갯짓은 아니었다. 상처가 어지간히 큰 모양이었다.

"그래, 모두 오실 거야. 영웅인 착한 아이니까 다시 모두 만날 수 있을 거야. 누나를 만나면 영웅이는 뭐라고 말할까? 수녀님이 지켜볼 거야. 씩씩한 남자답게 뭐라고 말할지 미리 생각해 봐."

나란히 앉은 수녀님이 영웅의 어깨를 쓰다듬었다. 그러나 영웅
은 그저 묵묵히 신발 위의 미키 마우스만 내려다보았다.

　　이제는 눈물도 나오지 않았다. 처음에는 누나라는 이름만 들어
도 손발이 시리고 어깨가 오싹했고, 어떤 날은 잠바 가슴 위의 미
키 마우스만 보아도 자꾸 눈물이 솟았다. 그런데 이상하게 언제부
터인가 누나를 생각해도 눈물이 나오지 않았다.

　　어쩌면 아이는 벌써 혼자가 되어 있었는지도 모른다. 이별의 아

폼이 두려워 진작 익숙해지는 연습을 끝마치고서. 아이는 아직 제가 누나를 찾아야겠다는 생각은 못하고 있었다. 혼자가 되었으니 그것에 익숙해져야겠다는 생각뿐이었다. 그런데도 아이는 자꾸 기다렸다. 누구를 기다리는지도 모른 채 의자에 앉아 우두커니 기다렸다. 이미 그것은 버릇이 되어 버렸는지도 모른다.

"누구게?"

와락 두 눈을 가리는 손바닥의 감촉이 따스했고 귀에 익은 음성이었다.

"누나! 세희 누나!"

영웅의 고함 소리에 세희는 번쩍 아이를 치켜 안았다.

"그래, 누나다!"

영웅은 어쩔 줄 모르는 중에도 힐끔 정문을 돌아보았다. 그러나 역시 아무도 없었다. 그래도 영웅은 이제 아무렇지 않았다.

"잘 있었어, 영웅이?"

"응."

영웅의 반짝거리는 눈빛에는 이제 다른 기다림은 없었다. 점점 희망을 잃어 가고 있었다.

"누나 안 보고 싶었어?"

"그동안 뭐 했어?"

영웅은 아직도 보고 싶었다는 대답은 피했다. 아마 제 누나에게 제일 먼저 그 말을 하고 싶은 것이리라.

"응, 누나, 영웅이 놀려 주려고 일부러 안 왔지."

"피, 그런데 저게 뭐야?"

영웅이 유난히 많은 선물 꾸러미를 돌아보며 이상한 듯 물었다.

"응, 다른 아이들 주려고. 영웅이 선물은 없어."

"······."

'괜찮은데'라고 말하고 싶었다. 세희 누나는 또 영웅이 따돌림 받았다고 생각한 모양이었다.

"왜, 영웅이 화났어? 선물 없어서?"

"아니."

"걱정하지 마. 누나가 우리 영웅이 제일 좋아할 선물을 가져왔으니까."

정말 괜찮은데, 세희 누나는 자꾸만 선물 타령이었다. 그까짓 선물보다 세희 누나가 와준 것이 더 좋은데. 그리고 그보다 더 좋은 것을, 아마 세희 누나는 모르는 모양이었다.

"자, 이제 드디어 그 선물을 볼 시간이다."

치켜들었던 영웅을 내려놓은 세희는 또 영웅의 두 눈을 손으로 가렸다. 뭘 보여 주려고 이러나? 하지만 영웅은 그다지 궁금하지도 않았다.

"그런데 선물을 보여 주기 전에 먼저 누나가 하나 물어보자."

두 눈이 가려진 채 영웅은 건성으로 고개를 끄덕였다.

"음, 영웅이는 여기 어린이집이 좋아?"

영웅은 고개를 가로저었다.

"그럼 여기보다 작고 안 좋은 집에서도 살 수 있어?"

뭔가 이상한 질문이라고 생각하면서도 영웅은 고개를 끄덕였다.

"좋아. 그럼 오늘부터 우리 영웅이, 누나랑 같이 살까?"

"……."

영웅은 망설였다. 어린이집보다는 그런 데가 더 좋았다. 예쁘고 밝은 누나와 정답게 살고 싶은 마음이 가득했다. 영웅이 꿀꺽 마른침을 삼켰다. 그런데 누나를 기다려야 했다. 오지 않을 것 같지만 기다려야 했다. 그러지 않으면 자기가 누나를 버리는 것이 될 테니까.

"빨리 말해 봐."

세희가 재촉했다. 영웅은 살며시 고개를 내저었다.

"뭐? 이런 배신자."

영웅은 말없이 배시시 웃었다.

"알았어. 넌 앞으로 영원히 이 누나에게는 배신자야, 각오해."

그러나 세희 누나는 별로 섭섭하지 않은 기색이었다. 영웅은 다행이라고 안심했다.

"자, 그럼 이제 선물이다. 눈을 뜨고 잘 봐. 하나, 둘!"

세희 누나의 손바닥이 비켜나고, 환한 햇빛에 잠시 눈이 부셨다. 그런데, 그런데…… 영웅이 자꾸만 두 눈을 끔벅거렸다. 믿기지 않았다. 잘못 본 게 아닐까. 아니었다. 분명히 정문 한가운데에 누나가, 진짜 누나가, 그토록 그리던 은수 누나가 서 있었다. 누나는 벌써 어깨를 들썩이며 눈물을 흘리고 있었다.

문득 움직이려던 영웅이 우뚝 제자리에 붙박였다. 영웅의 두 눈에서도 굵은 눈물방울이 굴러 떨어지고 있었다.

"여, 영웅아!"

누나가 휘청거리며 뛰어오기 시작했다. 그러나 아이는 눈물만 흘릴 뿐 요동이 없었다.

"영웅아…….."

달려온 누나도 차마 껴안지 못한 채 동생 앞에서 무릎을 꿇고 그저 바라만 보았다. 용서를 비는 것인지. 너무도 그리워서 억장이 무너져 버린 것인지.

"씨…….."

헤어지던 그때처럼 영웅은 자그마한 주먹으로 쓱 눈물을 훔쳤다. 몹시 화가 나 있는 모양이었다. 믿어지지 않을 만큼 반가운 모양이었다. 약속도 지키지 않고. 열 밤만 자면 온다더니. 다시는 못 만날 줄 알았는데. 영원토록 여기서 기다려야 하는 줄 알았는데. 누나도 자신을 버린 줄 알았는데…….

"누나, 미워."

불쑥 영웅이 등을 돌렸다.

"여, 영웅아!"

놀란 누나가 덥석 아이를 끌어안았다. 그제야 영웅도 소리 내어 누나를 불렀다.

"누나!"

"그래. 미안했다, 영웅아. 너무 늦게 왔지? 누나가 정말 잘못했어. 용서해. 이제 다시는 헤어지지 않을 거야. 늦을 일도 없어, 영웅아……."

아이가 울었다. 누나는 통곡했다. 세희도 흐느꼈다. 저쯤에서 수녀님도 환하게 미소 지으며 눈물을 훔쳤다. 먼발치에서 준영도 고개를 돌렸다. 영문 모르는 아이들도 덩달아 훌쩍거렸다.

잔치가 끝났다. 영웅이만 데려가서 안됐다며 세희가 준비한 이름도 없는 잔치였다. 그저 촛불을 끄고, 케이크를 자르고, 노래를 부르고, 깔깔거리며 웃고……. 세희는 유치원 선생님이 제격이라고 준영이 말했다. 수녀님은, 보기 드문 천사라며 고개를 끄덕였다. 아이들은 누구인지도 모르면서 매달리며 뛰었다.

짐이라 할 것도 없는 옷 몇 가지가 들어 있는 가방은 준영이 챙겨 자동차에 실었다. 제일 먼저 훌쩍거린 건 세희였고 아이들도 덩달아 울먹거렸다. 은수도 콧등이 시큰했고, 영웅도 눈물 그렁한 채 두 손을 흔들었다. 이제 이별의 아픔은 잊을 수도 있을 것 같았다.

"저 아저씨는 누구야?"

자동차에 오르며 영웅이 물었다.

"응, 누나 운전사야. 어이, 서 기사!"

한껏 기분이 좋은 세희는 제멋대로 떠들었다.

"기사도 좋고 다 좋은데, 아저씨는 아니다. 영웅아, 형이다, 형."

"형?"

"그래, 형."

나이도 그랬지만 영웅에게 형은 처음부터 어색한 단어였다.

"피……."

점점 집이 가까워지면서 은수는 또 불안했다. 영웅의 기대가 실망으로 바뀌는 건 아닐까. 혹시라도 아직 남아 있을 어두운 냄새에 고개를 돌리지는 않을까. 엄마를 찾고 아빠를 찾으며 또 외로워하지는 않을까…….

"우와!"

조그만 영웅의 입에서 탄성이 터져 나왔다. 세희와 함께 꼬박 밤을 새우며 꾸민 영웅을 위한 그들만의 좁은 공간. 사방 벽은 온통 만화 그림 스티커에 크리스마스 장식 소품들로 요란했고, 방안 여기저기에는 장난감이며 인형, 동화책 따위가 가지런히 정리되어 있었다. 그야말로 영웅의 천국이었다.

"와, 미키 마우스다!"

미리 펴 놓았던 미키 마우스 그림의 포근한 이불 위에 뒹굴며 영웅이 기쁨에 겨운 듯 소리쳤다.

산동네 가파른 언덕을 오르면서도, 낡은 다세대 주택 지하 계단을 내려오면서도 내내 영웅이 덤덤해했기에 은수는 가슴을 졸였었다. 그런데 저처럼 천진하게 좋아하는 모습을 보자 은수는 그제야 가슴을 쓸어 내릴 수 있었다. 다행이었다. 그사이 부쩍 커 버린 느낌이 드는 어린 동생. 어느새 말없이 적응하는 법을 터득한 동생이 더 마음을 시리게 했다. 은수는 가슴 한구석에서 일렁이는 그 시린 물결을 살며시 내뱉는 한숨으로 겨우 달래고 있었다.

"유치하죠?"

세희가 방문 앞에 서 있는 준영에게 쑥스러운 듯이 말했다.

"좋은데. 그런데 이거 대부분 세희 머리에서 나왔지? 영웅이와 수준이 꼭 맞아."

엄지손가락을 치켜 보이는 준영에게 세희는 입을 삐죽거렸다.

"그래요, 난 영웅이 수준이에요."

9

  미친 여자가 따로 없었다. 힐끔힐끔 그녀를 돌아보는 사람들의
눈빛이 그랬다. 언제 입었는지 찌들다 못해 다 해진 옷, 화장은커
녕 세수나 제대로 했는지 모를 꾀죄죄한 얼굴, 엉망으로 뒤엉킨
머리카락. 그러나 퀭한 여자의 눈빛은 무엇인가를 찾아 희번덕거
렸다. 섬뜩하리만치 두려운가 하면 처량하다 못해 가여워 보였다.

  신촌, 명동, 대학로, 강남……. 하루가 멀다 하고 쏘다니며 샅
샅이 뒤졌다. 그 나이 또래의 아이들이 모여 다니는 곳이 여기라
는데. 불쑥 커피숍으로, 피자집으로, 분식집으로, 오락실로…….
쫓겨나든 말든 상관 않고 아무 곳에나 들어가 이 구석 저 구석 가
리지 않고 기웃거렸다. 그런데도 없었다. 울산에서 올라온 그날부
터 시작해, 첫눈이 내리고, 크리스마스가 지나고, 제야의 종이 울
리던 그날을 지나 여태껏 하루도 거르지 않았다.

  미치려 해도 미칠 때가 아니었으며, 끼니를 잊고 차디찬 길바닥

에서 쓰러져도 죽지 못했다. 차라리 죽었으면 하는 생각도 그 순간부터는 해본 적이 없었다. 찾아야 한다는, 만나야 한다는 생각에 모질게 버티고 있었다.

해가 지고 밤이 깊어지면서 거리는 적막했다. 돌아가야 했다. 혹시 그사이에 찾아오지나 않았을까, 혜경의 걸음은 또 바빠졌다. 차비가 있을 리 없었다. 어제처럼 정신없이 휘청거리며, 그렇게 미친 듯이 뛰었다.

공사장 가건물. 자신이 떠나고, 아이들이 떠나고, 다시 자신이 돌아온 그곳은 바로 어둠이 드리워지고 새벽이 올 때까지 그녀가 머무는 장소였다. 잠을 자기 위해서가 아니었다. 찬바람과 매서운 눈발을 피하려는 것은 더더구나 아니었다. 자신이 잠시 버렸기에, 그래서 떠난 아이들이 돌아올 곳은 그곳뿐이라는, 언젠가는 한번쯤 엄마를 찾아올 것이라는 그 생각에 밤이면 언제나 찾아들곤 했다.

"오! 으, 은수야! 영웅아!"

갑자기 혜경의 입에서 희열에 들뜬 비명이 터져 나왔다. 불이, 가물가물 조는 듯한 백열등이 분명 켜져 있는 것이었다. 왔구나, 드디어 왔구나. 그럼 그렇지, 너희가 내 품을 영원히 떠날 리가 없지. 고맙다, 고맙구나, 아들아, 딸아.

"여, 영웅아, 은수야, 어디 있니? 어디 있어? 어디야?"

그런데 없었다. 아이들이 없었다. 텅 빈 방에서 혜경은 넋이 나가 허둥지둥 소리치며 정신없이 헤매었다.

또 내가 불을 켜 놓은 채 나갔었나? 벌써 수십 번도 더 겪는 일이지만 그래도 혜경은 언제나 오늘만은 아니겠지 하며 스스로 속았다. 혹시 아이들이 찾아왔다가 불빛도 없으면 먼발치에서 돌아설까 싶어 켜 놓은 그 전등불에 엄마는 그렇게 날마다 눈물지었다.

"니 들어왔나?"

"누, 누구? 은수?"

발소리, 말소리에 화들짝 문을 열지만 역시 아니었다. 정숙이었다. 또 바쁜 걸음으로 울산에서 올라온 모양이었다.

"가시나야, 정신 좀 차리거라. 걔들이 이 밤중에 우예 오노?"

"왜? 또…… 언제 왔어?"

미안한 혜경은 맥없이 문고리를 놓으며 고개를 떨궜다.

"우선 니부터 살아야제, 이러다가 알라들 찾기도 전에 니가 먼저 죽겠다. 방에 불이라도 지피며 살든가. 쯧쯧, 그래, 또 몇 끼를 굶었노?"

그러고 보니 온기가 느껴졌다. 그나마 전기가 끊어지지 않고 폐쇄되었던 현장 출입문이 다시 열린 것은 정숙 덕택이었다.

"이거 쪼매 묵어 봐라."

정숙은 울산에서부터 싸 들고 온 도시락을 풀어 권하며 안타까움을 감추지 못했다.

"괜찮아, 됐어."

"아이고, 내가 다 애가 타서 몬 살겠다. 가뜩이나 탄탄치도 몬한 게 인제는 숫제 뼈에 가죽만 붙어 가지고. 그래, 친정에는 전화 한번 해 봤나?"

혜경이 머리를 내저었다.

"와? 혹시 너거 남편이라도 전화했을지 모르는데."

그래, 혹시 그럴 수는 있었겠다. 그 정 많은 사람이 술에 취해 넋두리나마 하자고 전화했을지도 모르겠다. 그렇지만 아이들마저 잃어버린 지금에 그이의 소식을 들은들 또 어떻게 할 것인가. 무슨 면목으로 그이를 보며, 그 사실을 알게 된 남편은 또 얼마나 힘들어할 것인가. 자식이라면 목매던 남편은 자신만 믿고 있을 텐데. 잠시 잊고 있던 남편이 떠오르자 혜경은 더욱 죄책감에 몸을 떨었다.

"너거 친정 전화번호가 몇 번이고? 내라도 내일 아침에 한번 전화해 볼란다."

"안 돼."

"와 안 되노?"

"그러다가 내 꼴을 알면 우리 엄마 당장 쓰러져."

"뭐? 하긴 그건 그렇다마는…… 우쨌든 전화번호 한번 줘 봐라. 니는 내하고 잘 있다고 거짓말을 하더라도 뭔 소식이 없었나 알아는 봐야겠다."

"……"

"줘 봐라. 자식 찾는 일에 무슨 짓을 몬하겠노. 염치가 무슨 소용이고, 체면이 어디 있노?"

　혜경은 마지못해 전화번호를 알려 줬다. 그렇게나마 실낱같은 희망의 빛이라도 찾을 수 있기를 기대하며.

　아침상을 들여놓고 휴대 전화를 들고 밖으로 나갔던 정숙이 하얗게 질린 얼굴로 들어왔다.

　"니, 니, 놀라지 말거라."

　애써 침착하려고 마른침까지 삼키는 정숙의 말끝이 떨렸다.

　"왜, 왜? 무슨…… 아이들?"

　"너거 남편한테서 연락이 왔었단다."

　반갑지 않은 것은 아니었지만 마음이 더욱 무거워졌다.

　"그라고, 너거 남편이……."

　정숙은 또 머뭇거리며 말을 잇지 못했다. 덜컥 가슴이 내려앉았다. 혹시 무슨 일이라도?

　"왜, 왜? 그이한테 무, 무슨 일이라도?"

　"아니, 그게 아이고, 너거 딸아 소식을 남편이 알았단다."

　"뭐? 은수, 은수 소식을? 뭐, 뭐래? 어디, 어디 있대?"

　"그게 아이고, 한 번 연락이 오고 나서 다시……."

　계속 말을 잇지 못하는 정숙의 태도가 불안했다.

　"하여간 퍼뜩 일어나 봐라. 가볼 데가 있다."

　"어딜?"

정숙은 더 이상 설명을 하지 않았다. 그저 다짜고짜 덥석 혜경의 손을 잡아끌며 앞장서는 것이었다.

혜경의 친정어머니는, 불쑥 아내와 아이들을 찾는 사위가 은수 비슷한 아이를 보았다는 친구의 이야기를 근거로 원망스러운 말투 섞인 전화를 걸어온 것이 마지막이었다고 했다. 그리고 정숙은, 그 친구가 어느 은행에 다니는 누구라는 이야기만 듣고 어렵게 전화 통화를 했다. 어쩌면 딸을 찾은 아버지가 아이들과 함께 다시 종적을 감춘 것도 같았지만 앞뒤가 맞지 않는 듯한 느낌이었다.

"그래서 저도 이상하다 생각하고 있었어요."

남편의 친구 용재도 연방 고개를 갸우뚱거렸다.

"그럼 그 뒤로는 다시 연락이 없었어요?"

몇 번이고 그대로 쓰러질 것 같은 아득함을 견디느라 진땀이 배어 난 혜경은 온몸이 축축했다. 그래도 혜경은 독하게 버티며 엉킨 가닥들을 나름대로 정리하고 있었다. 그래서 여자보다는 엄마가 강하다고 한 모양이었다.

"예, 아이들을 찾았으면 당장 뭔가가 필요했을 텐데……."

"그 비슷한 아이를 봤다는 데가 어디죠?"

혜경은 또 정신없이 뛰었다. 딸의 처참한 모습을 눈으로 직접 확인하기는 두려웠지만, 그래도 어쩔 수 없는 일이었다. 설령 무슨 일이 있더라도 쓰러지지는 말아야지. 혜경은 독하게 마음을 다

지며 어금니를 악물었다.

  종일 이 집 저 집 기웃거리며 물어봤지만 아는 사람은 아무도 없었다. 그저 저녁이 되어야 문을 연다는 대답뿐이었다. 한시가 급한 혜경은 굳게 닫힌 문 앞에서 점점 숨이 막혀 왔다.

  "전 어제 와서 모르는데요. 마담이 나오셔야 돼요."

  해 질 녘이 다 되어서 문을 연 젊은 남자의 대답도 마찬가지였다.

  그래, 종일을 기다렸는데. 하지만 혜경은 아직도 주점 안으로 발을 들여놓지 못하고 있었다. 자신의 눈으로 직접 볼 엄두가 도저히 나지 않았던 것이다.

  "오냐, 혜경아. 기왕 기다린 거, 여기서 쪼매만 더 기다려 보자."

  정숙도 지하실 입구에서 발만 동동 구르고 있었다.

  또 얼마를 그렇게 쪼그려 앉아 기다렸을까. 낯 뜨거운 입간판에 불이 켜지고 지하실로 향하는 계단에는 붉은 조명이 천박한 불빛을 비추기 시작했다.

  생각 없이 지나치던 간판들이었다. 어쩌다 눈에 들어와도 눈을 돌리던 부끄러운 이름들. 그런데 이제는 자신의 일이 되어 버렸다. 기가 막히기보다는 허탈했고 다리도 점점 기운이 풀려 갔다. 하나 둘 젊은 여자들이 지하실로 내려갔다. 그래도 저마다 두꺼운 외투들을 입고 있어 위안이 되기는 했지만, 어린 얼굴에 짙은 화장은 역시 가슴을 죄었다. 설마 내 딸 은수가…….

"저기, 저 여자인 모양이다."

계단을 내려가는 요란한 옷차림의 나이 든 여자를 정숙이 손짓으로 가리켰다.

"여, 여보세요."

그러나 힐끗 고개를 돌렸던 여자는 대꾸도 없이 종종걸음으로 모습을 감추었다. 아마 낯선 두 여자의 모습을 보고 자신과 상관없는 일이려니 생각한 모양이었다. 어쩔 수 없이 원하지 않던 그 조명 속으로 들어가야만 했다.

"마음 단단히 묵거라. 들어가자."

정숙이 앞장서서 주점 문을 열었다.

"아······."

혜경이 쓰러질 듯 휘청거렸다.

"야가, 정신 차려라."

얼른 정숙이 그녀를 부축했다.

노랫소리. 알록달록 번쩍거리며 돌아가는 조명. 코를 자극하는 술에 전 곰팡내. 차라리 벗은 것만 못한 낯 뜨거운 옷차림들. 건들거리는 까만 조끼의 어린 사내들. 짙은 화장과 어울리지 않는 담배 연기. 은수 또래의 여자들······.

"저, 미안한데, 우리 은수······."

더듬거리는 혜경을 밀치고 정숙이 나섰다.

"이 집에 은수라꼬 있었지요?"

"누구? 은수요? 아, 미애!"

이 눈치 저 눈치 한참 살피던 마담이 그제야 기억났다는 듯 고개를 끄덕였다.

"아니, 미애 아니고 은수, 은수라 카이."

"그래요, 그 은수가 미애예요. 아유, 저희도 깜박 속았지 뭐예요. 주민 등록증을 잃어버렸다면서 스물한 살이라고 하는데 어찌나 성숙해 보이던지. 아무튼 우린 잘못 없어요."

마담은 제 몸부터 사리려 들었다. 하지만 어떻게든 그녀를 달래야 지나간 사정이라도 알아낼 수 있었다. 정숙은 끓어오르는 속을 누르며 침착하려고 애썼다.

"알아요, 알아. 은수가 원래 쪼매 성숙했지요. 그런데 그 은수 지금도 여기 있어요?"

"아유, 무슨 그런 말씀을. 지난번에 아버지가 와서 난리도 아니었는데. 하여간 전 그 애 때문에 골치 아파 죽는 줄 알았어요."

"그래요, 그래. 아무튼 그건 미안스럽게 생각하고 아버지가 와서 우예 됐소?"

"그다음이야 저희는 모르죠. 아버지가 오셨으니 당연히 잘됐겠죠. 그리고는 연락도 없었어요."

"그라면 아버지하고 딸하고 같이 갔다는 말이오?"

"글쎄, 그게……."

아무래도 마담의 눈치가 이상했다. 말처럼 잘된 건 아닌 듯싶었

다. 거의 사색이 되어 쓰러지려는 혜경을 돌아보며 마침내 정숙이

정색을 하고 마담을 노려보았다.

"보소, 마담. 내도 울산에서 횟집을 하는 사람인데, 이런 일로

우리 서로 얼굴 안 붉히도록 좋게 말하입시더. 우리가 지금 당신

보고 뭘 우쩨겠다는 게 아이고, 우예 됐나 사정이나 좀 알아보자

는 거이까 자세히 한번 말해 보소."

"야, 너희는 들어가!"

마담은 그제야 심상치 않았는지 술렁거리는 여자 아이들에게

소리부터 내질렀다. 그러나 혜경은 또 내 딸에게도 저랬는가 싶어

억장이 무너졌다.

"와 씰데없이 소리는 지르노, 좋은 말로 하제. 자, 퍼뜩 한번 말

해 봐라."

여자 아이들이 사라지자 정숙은 사나운 기색을 드러내며 마담

을 재촉했다.

"그러니까 우리는 그 애가 미성년자인지 몰랐는데, 얼마 전에

아버지가 찾아와서 말씀을 하시더라고요. 그리고 그날⋯⋯."

만만치 않은 상대에 기가 질린 마담이 말하기 시작했다. 뻔한

이야기였지만 남편의 절망스러워하는 모습이 새삼스레 눈앞에

그려졌다. 차마 고개를 들 수 없었던 혜경은 두 눈을 감아 버렸다.

"그러면 그날 아버지하고 같이 간 게 아이란 말이가?"

"그걸 내가 어떻게 알아요. 딸이 먼저 뛰어나가고 아버지가 조

금 뒤에 따라서 나갔는데.”

“뭐라꼬? 그카면 연락처나 살던 집은 알 거 아이가?”

“그 아이 여기 다닌 지 며칠이나 됐다고 제가 그걸 알겠어요? 그저 나왔다가 하루 팁 받고 내일이라도 안 나오면 그만이지.”

“뭐, 뭐라 카노? 이기, 지금. 니 내하고 장난치나?”

“아니, 그게 전부예요. 사실이에요.”

마담은 겁먹고 있었다. 아직 아버지와 만나지 않은 것은 알고 있었다. 며칠 전에도 세희가 아버지에게서 연락이 없었는지 물어오지 않았던가.

“니 참말로 이랄래? 진짜로 경찰이 오고 그캐야 사실대로 말하겠나?”

“아유, 몰라요. 난 그 미앤지 은순지, 들어 본 일도 없으니까 마음대로 하세요.”

“봐라, 니는 딸 안 키우나?”

“그래요. 난 그런 딸 없어요.”

“뭐라꼬? 그런 딸? 이기 고마…… 오냐, 좋다. 니 뭐라 캐도 좋다. 그란데 지금 그 딸아 엄마는 다 죽어 간다. 제발 내 좀 빌자.”

“난 몰라요. 그리고 말이 미성년이지, 요즘 세상에 그렇게 다 커버린 애들, 마음대로 될 것 같아요? 어차피 부모 품 떠난 애들 누구도 못 말려요.”

“이런!”

정숙이 기어이 마담의 머리채를 움켜쥐었다.

"아악! 이거 놔!"

그래, 정말 그런지도 모른다. 부모 싫다고 스스로 품 떠나서 제멋대로 하는 아이들도 가끔은 있다더라. 설령 그렇다 한들 너희처럼 그렇게 아이들의 피를 빨아서야 될 일이냐. 너희가 들쑤시고 부추기지만 않아도 지쳐서 돌아올지도, 다른 세상의 길을 걷게 될지도 모르는데. 더구나 아프고 쓰린 사연으로 찢어지는 가슴이 얼마나 많은데. 그 가슴에 피를 뿌려 얼룩지게 하고, 기어이는 다시 일어나지 못하게 말뚝을 박다니. 그래, 나도 자식 기르는 어미인데, 너 한번 죽어 봐라.

"어, 어, 왜들 이러세요? 그만 놓으세요."

험악한 정숙의 기세에 눌려 모두들 발만 구르는 사이에 끼어든 것은 뜻밖에도 맥주 상자를 들고 들어오던 준영이었다.

"이기, 니는 뭐꼬?"

이제 정숙에게는 모두가 한패로 보였다. 마담을 팽개치고 이번에는 준영에게 덤벼든 그녀가 덥석 멱살부터 움켜잡았다.

"그래, 어디 있노? 우리 딸아 어디 있노? 말해라, 퍼뜩!"

철썩, 준영의 뺨 위로 정숙의 매서운 손길이 날아왔다.

"아닙니다. 저는 여기 배달 왔습니다."

잘은 몰라도 무슨 일인지 대충 알 것 같았다. 딸을 찾는 흥분한 엄마가 무슨 짓인들 못하랴. 준영은 억울하기는 했지만 마주 상대

할 생각은 없었다.

"뭐, 뭐라꼬?"

"저는 맥주 회사에서 배달 온 사람일 뿐이라구요, 아주머니."

그제야 준영을 아래위로 훑어본 정숙이 슬며시 멱살을 풀었다.

"미, 미안쿠마. 내가 너무 흥분해가……."

"됐습니다. 흥분하지 마시고 조용히 말씀으로 하십시오."

그때 준영은 은수가 생각나지 않은 것은 아니었다. 그렇지만 억센 경상도 사투리를 쓰는 아줌마가 은수 엄마일 리는 없을 것 같았다. 그 아이는 서울에서 태어나고 자랐다고 했으니. 아직도 얼얼한 뺨을 쓰다듬으며 준영은 돌아섰다.

그런데 막 계단을 오르려는 순간, 등 뒤에서 들려오는 소리가 발목을 잡았다.

"그러지 마시고 제발, 제발, 우리 은수 좀 찾게 해 주세요……."

"아주머니! 누구, 은수요?"

준영이 다시 돌아섰다.

"예, 은수, 우리 은수, 흐흑……."

10

아빠를 기다리는 것은 은수가 아니라 오히려 세희였다. 불쑥 아빠가 나타나 은수와 영웅의 손을 잡고 떠난다면 아쉽기는 하겠지만, 그때 자신은 다시 태어날 수 있을 것도 같았다.

"넌 왜 아빠를 찾지 않니?"

새근새근 곤하게 잠든 영웅을 물끄러미 들여다보던 세희가 은수에게 불쑥 물었다.

"……?"

"꼭 아빠가 먼저 널 찾아야 돼?"

"갑자기 무슨 얘기야? 내가 왜 아빠를 찾아? 그리고 어떻게?"

미처 그 생각은 해 보지 않았다. 당연히 아빠 엄마가 아이들을 찾아야 하는 것이고 자신들은 버림받았다는 생각뿐. 더구나 이런 상황에서는.

"그래, 하긴……."

슬며시 꼬리를 내렸지만 사실 세희는 욕이라도 해 주고 싶었다. 처음으로 느끼는 실망이었다. 무슨 뜻인지 모르지 않을 텐데. 용서받아야 하는 것이 아니라 먼저 용서를 빌어야 하는지도 모르는데. 더 아픈 것은 네가 아니라 아빠일 수도 있는데. 버린 것이 아니라 뒤늦게 돌아온 것뿐인데. 난 그런 네가 부러운데. 그런 아빠가 부러운데. 또 혹시 무슨 사고라도 난 게 아닐까 두려운데. 자살. 자꾸만 끔찍한 그런 악몽이 연상되는데.

"너 내가 부담스러운 거니?"

속 좁은 계집애. 결국 그렇게 말하고 마는구나.

"마음대로 생각해."

"그래, 그렇구나. 알았어. 내일이라도 당장 영웅이 데리고 떠날게."

"영웅이는 왜?"

"그럼?"

"영웅인 뭐. 네가 데려가 봐야 고생만 시켜."

"뭐야? 그래, 그렇다고 해. 그래도 너와 함께 있으며 못 볼 꼴 보게 할 수는 없어."

"뭐? 못 볼 꼴?"

"그래!"

"야, 넌 뭐 그렇게 잘났어? 너나 나나 똑같아, 계집애야!"

또 다투기 시작했다. 서로 밉고 싫어서가 아니라 제 설움에 받친 발악이었다. 참고 억눌러 왔던 불안과 두려움으로 마구 욕하고, 생각 없이 퍼부으며 서로에게 상처를 입혔다. 끝내는 자신의 상처로 되돌아올 줄 뻔히 알면서도, 울며 고함치며 싸웠다…….

기다리지 않는 것은 아니었다. 어떻게 용서를 빌어야 하나 하면서도 은수는 아빠를 기다렸다. 자신이 아니라 영웅을 위해서 꼭 돌아와야 한다고 간절히 기다렸다. 그런데도 아빠는 돌아오지 않았다. 돌아오리라 믿으며 영웅이까지 데려다 놓았는데. 시간이 지날수록 점점 불안한 것은 바로 그것이었다. 하지만 이제는 포기해야 할 것 같았다. 결국 다시 버림받았다고 단념할 수밖에 없었다. 그리고 이제는 미워하기로 작정했다. 가해자로, 영웅이마저 버린 가해자로. 그런데도 가슴은 아팠다. 차라리 생각하지 않으려는 것도 그것 때문이었다.

"누나, 왜 그래?"

울부짖는 악다구니 소리에 잠이 깬 영웅이 눈을 비비며 두리번거렸다.

"아, 아니야."

은수는 얼른 눈물을 훔치면서 태연한 척했다.

"싸웠어?"

"아니야, 싸우기는."

"그런데 왜 울어?"

"영웅이가 너무 예뻐서. 배고프지 않아?"

세희가 번쩍 영웅을 치켜들며 억지로 웃었다. 은수는 그런 세희의 모습에서 아픔을 위로받곤 했다.

텔레비전을 틀어 코미디 프로를 보며 깔깔거리기 시작하고, 다시 아무 일도 없었다는 듯 일상으로 돌아왔다. 언제나 그랬다. 서먹하지도 어색하지도 않고 금방 다시 원점이 되는. 두 사람은 그렇게 상처를 감추는 법에 너무도 익숙해져 있었다.

"은수야, 라면 끓여."

"또 배고파?"

"아니, 영웅이가."

"쟨 꼭 영웅이 핑계야."

"정말이야. 그치, 영웅아?"

"응."

"영웅이 너 정말 배고파?"

"아니."

"그런데 왜……."

갑자기 무슨 소리에 귀를 기울이며 입들을 다물었다. 똑같이 긴장한 그 모습에는 무언가 기다리기라도 한 듯 그리움이 가득 담겨 있었다. 인기척이었다. 아니, 누군가를 부르는 소리였다.

"으, 은수야. 영웅아……."

여자 목소리였다. 세희가 조심스레 방문 앞으로 다가가 살며시 문을 열었다.

낯익은 듯한 여자가 휘청하더니 얼굴을 가리며 어깨를 들썩였다. 그 옆의 낯선 여자 뒤에 선 준영은 묵묵히 지켜보고만 있었다. 세희는 슬며시 방문에서 비켜섰다.

"아……."

들어서려던 혜경은 그 자리에서 굳어 버렸다. 고개를 떨군 은수는 그렇다 치고, 영웅이 제 누나의 등 뒤로 숨어 버리는 게 아닌가.

이게 무슨 일인가. 벌써 저 아이의 기억에 엄마가 남이 되어 버렸던가. 눈앞이 캄캄했다. 엄마! 외치며 단숨에 달려올 줄 알았는데, 놀란 토끼 눈을 하며 외면해 버리다니. 자식의 눈에 낯선 엄마. 말문이 막히고 숨이 멎었다.

"영웅아, 엄마 왔잖아."

단숨에 알아챈 세희가 영웅을 불렀다. 그런데도 영웅은 더욱 움츠러들기만 할 뿐이었다.

"이리 와봐."

세희가 다가가 영웅을 껴안았다. 이번에는 영웅이 세희의 품으로 파고들었다.

"이런, 엄마라니까. 영웅이 엄마잖아."

억지로 품에서 떼어 내 엄마의 눈길 앞에 내려놓았다.

"으앙, 누나!"

영웅이 질겁을 하며 은수의 품으로 달려갔다.

펄쩍 뛸 것 같은 혜경이 스르르 무너졌다. 차마 나서서 뭐라고

위로할 사람은 아무도 없었다. 무엇에도 위로받을 수 없는 천벌 같은 고통이었다. 혜경은 그대로 엉금엉금 기어 아이들 앞으로 나아갔다. 은수는 여전히 꼼짝 않고 있었다. 다가온 혜경이 와락 아이들을 껴안았다.

"은수야! 영웅아!"

무슨 할 말이 있겠는가. 그저 그렇게 하염없이 통곡만 할 뿐이었다. 엄마가 울부짖고, 딸이 흐느끼고, 놀란 아들은 소리쳤다. 모두가 통한의 눈물만 쏟아 낼 뿐이었다.

부둥켜안은 엄마와 자식의 몸부림. 차마 누구도 나설 수 없는 시간이었다. 오직 눈물이 마르고 몸부림에 지칠 때까지 기다릴 뿐이었다. 그러나 끝이 날 것 같지 않자, 정숙이 수습하고 나섰다.

"됐다. 고마 하거라. 밤새 울기만 할 기가. 앞으로 눈물 뺄 날 수도 없이 많을 기다. 고마 그쳐라. 아이고, 니가 세희가? 내 말 들었다. 이쁘기도. 우째 이리 이쁜 게 마음씨도 곱노. 니가 참말로 좋은 일 했다. 앞으로도 형제맨쿠로 살아라. 형제가 뭐 따로 있나?"

방으로 들어선 정숙은 먼저 문간에 쭈그린 세희를 다독거렸다.

"가시나, 와 대답이 없노? 내는 울산 사는 정숙이 아줌마라고, 은수 엄마하고 동창이다. 지금은 바닷가에서 횟집 하고 있다."

그제야 세희도 멋쩍은 웃음으로 고개를 숙였다.

"안녕하세요, 아줌마."

"그래, 내맨쿠로 니도 천성이 어지간히 밝은갑다. 그래야제. 그라고, 그래, 니가 은수가?"

정숙은, 여전히 고개를 떨군 채 어깨를 들썩이는 은수의 손을 잡으며 머리를 쓰다듬었다.

"그래, 참말로 고생 많았다. 우예 그래 착하노. 어린 동생까지 데불고. 내도 니 같은 딸아 하나 있었으면 좋겠다. 이제 아무 걱정 말그라. 엄마도 있고, 아줌마도 있다."

어떻게 할 것인가. 이대로 뛰쳐나가 다시는 모습을 보이지 않아야 하는 것이 아닌가. 너무 뻔뻔하지 않은가. 이렇게 가만히 앉아서 처분을 기다린다는 것은.

"니가 영웅이구나. 내는 낯이 설 기구마는 여기는 너거 엄마 아이가. 알제? 인제 너거 엄마 얼굴 생각나제?"

그렇게 정숙이 계속 엄마의 품을 말했지만 영웅은 겨우 울음을 그쳤을 뿐, 아직도 제 누나 곁을 떠나지 않고 있었다.

"그래, 쪼매한 게 얼마나 서운했겠노. 그래도 인자 엄마, 하고 한번 불러 보거라. 너거 엄마도 거의 미쳐 있었다. 그래서 그런 거지, 일부러 너희를 버리거나 잊어버린 건 아이다. 엄마, 한번 해 봐라, 퍼뜩."

눈을 끔뻑거리던 영웅이 겨우 입술을 들먹였다.

"어, 엄마."

"그래, 됐다. 뭐 하노, 니는? 아가 부르는데."

정숙은 수선을 피우며 떠들었지만 혜경은 또 고개를 틀며 터져 나오는 울음을 억눌렀다. 얼마나 걸려야 다시 되돌아올까. 이제 평생토록 엄마보다 누나를 더 의지하는 것은 아닐까. 저 그리움 속에서도 주저하는 두려움은 언제나 사라질까.

"이상하다. 너거 남편 그럴 사람이 아닌데, 혹시 무슨 사고라도 난 거 아이가?"

대충 수습되었다고 생각한 모양이었다. 정숙은 준영을 만나면서부터 느꼈던 두려운 생각을 슬며시 입에 올렸다. 그것은 혜경의 가슴에도 조금씩 자리 잡고 있던 두려움이었다. 다만 너무도 두려웠기에 차라리 외면하려 했던 것뿐이었다.

"……?"

이건 또 무슨 이야기인가. 은수와 세희는 또 한 번 혼란스러웠다. 그럼 아빠와는 여태 연락도 닿지 않았다는 말인가. 그렇다면 엄마는 어떻게…….

어디든 가야 했지만 갈 곳이 없었다. 친정에 갈 수도 없었고 가고 싶지도 않았다. 공사장 가건물은 더 말할 것도 없었다. 여관방은 더더구나 아니었다. 그렇다고 이 꼴로 시댁 누구를 찾아갈 수도 없지 않은가. 어쩌지 못해, 머물면 안 되는 줄 알면서도 머물고 말았다. 이래서 남편이 돌아오지 못했나, 생각을 하기도 했다.

영웅은 여전히 은수 곁에서 잠이 들었고 세희와 정숙은 문간에서 졸고 있었다. 고개는 떨궜지만 간간이 새어 나오는 한숨 소리.

차라리 잠이나 들 것이지, 은수의 고통이 숨결로 느껴졌다. 뭐라 말이라도 붙이고 싶었지만 한마디도 나오지 않았다. 차라리 죽어버릴 것을, 하는 후회도 순간순간 들었다. 그러나 그럴 수는 없었다. 이제는 죽기보다 힘든 삶이라도 어떻게든 견뎌 내야만 했다.

잠든 영웅이 뒤척거렸다.

"누나, 은수 누나, 가지 마."

그랬구나. 이제는 꿈에서마저 잊을 만치 엄마가 낯설어졌구나. 그래서 누나를 잃을까 봐 꿈에서도 두려운 것이구나.

"응, 영웅아, 누나 여기 있어."

영웅은 등을 두드리는 은수의 손을 찾아 잡고 다시 잠 속으로 빠져 들었다.

문득 엄마와 딸의 눈길이 마주쳤다. 화들짝 외면하며 먼저 고개를 떨군 것은 딸이었다.

"떠나지는 마라."

들릴 듯 말 듯 혜경이 속삭였다.

알아들었는지 못 알아들었는지 은수는 아무런 반응도 없었다.

"영웅이가 너만 찾는구나."

"……."

"내가 근처에서 따로 살까?"

또 혜경의 목소리가 떨려 나왔다. 그런데 이번에는 은수의 고개가 바람결의 깃털처럼 잠깐 동안 저어졌다.

"안 나갈 거지?"

미동이 없었다. 그래도 엄마는 딸을 믿었다.

"그래, 고맙다. 다른 건 뭐든 네 마음대로 해. 하기 싫으면 말도 하지 말고 엄마도 보지 마. 아빠를 미워하든 엄마를 미워하든 다 마음 가는 대로 해. 어떻게든 옆에만 있어 주면 뭐든지 할 거야. 영웅이만 생각하자. 너나 나나."

엄마의 넋두리가 가여웠다. 엄마는 아무런 잘못도 없었다. 죄인은 자신이었다. 그런데도 엄마는 고개조차 들지 못한 채 어린 동생을 빌려 넋두리를 하며 애원했다. 차라리 뺨이라도 때리며 나쁜 아이라고 욕이라도 해 줬으면. 나가라고 소리치며 등이라도 떼민다면 매달려 사정하며 울어도 보겠건만…….

"아이고, 내가 졸았다."

정숙이 화들짝 눈을 뜨며 선하품을 했다.

"미안해."

"그런 소리 좀 하지 마라, 미안키는. 그란데 몇 시고? 아이고, 알라들 아침은 우야노?"

"아유, 걱정하지 마세요. 제가 준비할게요."

덩달아 눈을 뜬 세희가 하품을 막으며 중얼거렸다.

"아이다, 세희 니는 고마 눈 좀 더 붙여라. 아직 새벽이다. 그라고 혜경아, 우쨌거나 방부터 구해야 안 되겠나?"

"그래, 내가 알아서 할게."

"뭐라꼬, 니가 그 정신에 우예 알아서 하노. 봐라, 세희야. 여기보다 쪼매 더 큰 집은 세가 우예 하노? 월세가, 전세가?"

아무래도 세희가 아는 제일 좋은 집은 옥탑방뿐인 모양이다. 정숙은 다세대 주택이나 값이 싼 변두리 외곽의 연립 주택을 말했지만 세희는 줄곧 옥탑방을 주장했다. 여름에 덥고 겨울에 춥다는 걱정에는 하얗게 눈 덮인 옥상과 여름밤의 별빛을 내세웠다. 오르내리기 불편하고 영웅이 위험하다는 걱정에는 넓은 옥상 놀이터와 빨래 잘 마르는 따사로운 햇볕으로 대신했다.

처음에는 염치없어 손사래를 치던 혜경도 끝내는 세희와 정숙의 지치지 않는 설득에 그만 멋쩍게 웃으며 물러나 앉았다.

"봐라, 니는 쪼매한 가시나가 무슨 놈의 고집이 그리 세노?"

"아줌마, 아파트에서도 살아 보고 변두리에서도 살아 봤는데요, 역시 옥탑이 최고예요. 우선 거기는 높잖아요. 집주인부터 발밑에 있는걸요."

"하이고, 참. 그래, 니가 다른 데는 비싸다고 그카는 모양인데, 나도 많은 돈은 없다마는 정 안 되면 월세 쪼매 내면 안 되겠나?"

진작에 눈치는 챘지만 이제는 정숙도 사정을 감추지 않았다.

"월세는 어디 있어서요?"

"아, 그거야 내가 준다."

"그럼 생활비는요?"

"아, 그것도 내가 준다. 벌써 우리 신랑하고도 얘기 다 끝냈다."

세희가 눈을 동그랗게 뜨고 정숙 앞에 바짝 다가앉았다.

"아줌마 그건 안 되죠."

"뭐라꼬? 와 안 되노?"

"어머니는 그렇다 쳐도 은수는 이제 뭐든지 할 수 있어요. 왜 무작정 신세를 져요? 지금 신세 지는 것도 꼭 갚을 거예요."

"뭐라꼬? 니가? 은수가? 너흰 공부해야제."

당돌한 세희의 말에 정숙도 벌게진 얼굴로 정색을 했다.

"공부도 자기가 알아서 할 일이에요. 걱정하지 마세요. 잘할 거예요."

"야가, 야가, 안 된다. 은수가 뭘 할 수 있단 말이고?"

"아르바이트를 해도 되고, 옥탑방 월세로 얻고 조금 남으면 포장마차라도 하면 되지요."

"뭐라? 포, 포장마차? 그게 아무나 하는 기가?"

"왜 못해요? 뭐든 할 수 있어요."

무작정 아파하고 피하려만 들었지 아무런 대책도 없던 엄마와 딸이었다. 세희의 말에 그제야 정신을 차린 혜경이 골똘히 생각에 잠겼다. 신세를 진다고 부끄럽게만 여겼었다. 그렇다고 다른 방도도 없었다. 어차피 누구에게든 신세를 져야 한다면 자기가 먼저 부탁해야 했다. 그리고 처음부터 새로 시작해야 했다.

하자. 해 보자. 그까짓 부끄러운 게 무슨 대수인가. 자식들을 앞에 두고 못할 짓이 무엇인가. 포장마차면 어떻고, 파출부면 또 어떤가. 청소부도 할 수 있고, 동냥이라도 할 수 있다. 그것은 바로 자신이 나서서 해야 할 일이었다.

"봐라, 혜경아. 뭐 이리 독한 가시나가 다 있노?"

말문이 막힌 정숙이 혜경을 돌아보며 거들어 주기를 바라는 눈치였다.

"아니야, 세희 말이 맞아. 그래, 내가 너한테 당분간 신세 좀 질게. 그리고 옥탑방이 좋다니까, 그걸 얻고 남는 돈으로 포장마차라도 할 거야. 그리고 꼭 갚을게."

"야, 야가 뭐라 카노? 쓸데없는 소리 말거라. 그게 아무나 하는 장산 줄 아나? 니는 몬한다. 차라리 내가 신랑하고 둘이 서울 올라와가 횟집을 하는 게 낫겠다. 그때 우리 가게 카운터나 봐라."

턱도 없다는 투의 정숙과 달리 혜경은 오히려 차분했다.

"아니야. 은수가 도와줄 거야."

"야가, 참말로…… 은수가 뭘 도와준다꼬?"

"영웅이만 봐 주면 돼. 그럼 할 수 있어. 그래, 이제는 나도 시작할 거야. 그래야 은수 아빠가 돌아와도 떳떳하지. 나쁜 짓 한 사람도 아니고, 열심히 살다가 그 지경이 됐는데 나라도 힘이 돼야지."

"그러세요. 저도 도와드릴게요. 낮에는 편의점에서 아르바이트하고 밤에는 포장마차에서 설거지라도 해 드릴게요."

"니 진짜 할 수 있겠나?"

혜경과 세희를 번갈아 두리번거리며 정숙은 걱정을 거두지 못했다.

"그래, 한번 해 볼게. 그리고 힘들면 그때 이야기할게, 울산으로 내려가든지."

살아가면서 이보다 더한 고난이 다시 닥치기야 하랴마는 이제 두려울 게 없었다. 산다는 게 그리 쉽지는 않겠지만 모두 마음먹기 나름이다. 결국 이렇게 벼랑 끝까지 쫓겨 와서야 다시 마음을 다지는 어리석음. 돌이켜 보면 바로 그쯤에서 일어났어야 했는데, 하는 안타까운 순간들이 수없이 많았지만, 그래도 여기서나마 다시 시작하게 되었다는 게 그저 다행스러울 뿐이었다.

이제야 크게 눈을 뜨고 돌아보니 울타리는 혼자만의 울타리가 아니었다. 뻥 구멍 뚫려 매서운 바람이 들이친다 싶었는데 그 자리는 바로 내가 서 있던 자리였다. 허물어지고 사라져, 이걸 어떡하나 자세히 들여다보니, 또 그것은 내 분신의 자리가 아닌가. 아하, 그랬구나. 우리는 그렇게 나란히 손을 잡아 서로를 의지하며 바람을 막았는데, 어느 하나가 쓰러지자 이제 끝이다 지레 겁을 먹어 뿔뿔이 흩어졌구나.

혜경은 다시 생각했다. 빈자리는 빈자리대로 남겨 둔 채 하나씩 하나씩 거두어 다시 쌓아 가야겠다고.

11

울산에서 정숙이 올라오자 부산해지기 시작했다. 다행히 비어 있던 집이어서 계약하고 청소만 하면 곧바로 들어갈 수 있었다. 세희가 앞장서서 뛰어 중고품점에서 냉장고며 작은 옷장이며 찬장 따위를 들여왔고, 정숙과 혜경은 남대문 시장을 찾아 필요한 생활 도구들을 구입했다. 그야말로 숟가락 하나에서부터 다시 시작하는 것이었다.

"미안타, 내가 쪼매 더 여유가 있었으면 좋았을 긴데."

정리를 끝내고 허리를 두드리며 일어선 정숙이었다.

"무슨, 아니야. 이 정도만 해도 부러울 게 없다."

혜경은 진심이었다. 비록 낡은 옷장, 냄비 몇 개에 수저 몇 벌이지만, 당장 자식들을 제 손으로 입히고 먹일 수 있다는 게 그저 행복할 따름이었다.

"그래, 우쨌든 간에 방이 두 개라서 그나마 다행이다. 하나는 니

하고 영웅이가 쓰고, 하나는 은수하고 세희가 쓰면 되겠다.”

정숙이나 혜경은 당연히 그렇게 생각했다. 하지만 세희 생각은
달랐다.

“아니에요. 전 당분간 거기 그대로 있을래요.”

“뭐라꼬? 니는 또 그기 무슨 쓸데없는 소리고? 치워라, 고마.”

“그래, 세희 네가 있어야 은수도 의지가 되지. 아직은 나하고도
그런데.”

“그래서 더욱 그러는 거예요. 언제까지 두 사람이 그러고 있을
수는 없잖아요. 힘들더라도 직접 부딪치세요. 그리고 저와 얼굴
마주해 봐야 자꾸 옛날 생각 나서 더 아플 거예요.”

“그래도…… 그럼 넌 아예 발을 끊겠다는 거냐?”

혜경도 한편으론 그 생각에 동감하면서도 여전히 서운함을 떨
치지 못했다. 며칠 사이에 담뿍 정도 들었고 누구보다 의지가 되
던 아이였다. 아직 혼자서 모든 걸 감당하기에는 두려움도 컸다.

이삿짐이라 할 것은 없었지만 그래도 영웅의 옷가지며 장난감
따위를 나르려면 작은 차라도 있었으면 싶었다. 준영이 마침 찾아
왔다. 많지 않은 짐이니 시간이 걸릴 것도 없었다. 준영의 차가 세
워진 골목 입구까지 두어 번 짐을 나른 것이 전부였다.

이제는 떠나야 할 시간이었다. 벌써 정숙은 영웅의 손을 잡고
앞장섰고, 세희와 준영은 은수를 데리러 방으로 들어섰다. 은수는
여전히 그 구석 자리에 꼼짝도 않고 앉아 있었다.

"뭐 해? 가자."

은수는 여전히 미동도 안 했다.

"일어나, 빨리."

재촉에도 여전히 대꾸가 없었다. 세희가 다가가 은수의 손목을
잡았다.

"난 안 가!"

매섭게 손을 뿌리치며 차갑게 거부했다. 우려하던 일이 벌어진
것이었다.

세희는 아무 말도 할 수 없었다.

"난 안 간다구! 날 좀 내버려 둬, 제발!"

울부짖는 발악이었다.

"은수야."

준영도 안타깝게 이름만 불러 볼 뿐이었다. 선뜻 따라나설 수 없는 그 마음을 왜 짐작 못하겠는가. 하지만 어떻게 위로하고 달래야 할지 알 수 없었다.

"어떻게 가? 내가 거기를 어떻게 가? 왜, 내가 거기를 가? 누가 날 반겨 준다고? 나 이대로 살래. 차라리 여기서 이대로 살고 말 거야. 제발 날 좀 내버려 둬, 제발……."

방 안에서 터져 나오는 딸의 울부짖음에 엄마는 그저 아득해졌다. 하지만 어떻게든 데려가야 했다. 이것은 시작에 불과했다. 앞으로 또 얼마나 많은 한숨과 피눈물을 쏟아야 딸의 아픔이 아물지 막막할 뿐이었다. 하지만 그래도 해야 했다. 자식이기에, 자신이 지켜 주지 못했기에, 목숨을 다해서라도 해야만 했다.

무거운 걸음으로 엄마가 방으로 들어왔다.

"은수야, 가자."

"……."

엄마의 음성에 은수는 더욱 움츠러들며 고개를 떨궜다.

"아무것도 안 바란다. 그저 같이 가기만 하자. 이렇게 애써 준 정숙이 아줌마나 세희를 봐서라도 가자. 가서 네 마음대로 해. 너에게 말도 시키지 않고 너와 눈길도 마주치지 않을게. 엄마는 네가 원한다면 숨소리도 내지 않고 죽은 듯이 기다릴 거야. 내가 널 버렸다고 원망해도 좋아. 모든 게 엄마 잘못이다. 그렇지만 엄마에게도 기회를 줘. 너에게 조금이나마 빚을 갚을 수 있고, 내가 널 버렸던 게 아니라 잠시 정신이 빠졌었다는 걸 알릴 수 있게 해줘. 제발 가자. 그리고 우리 다시 시작하자. 엄마는 다 잊어버렸다. 그냥 넌 내 딸이고, 우린 지금 조금 어려울 뿐이다. 그렇게만 생각해. 제발 가자."

그러나 은수는 역시 움직이지 않았다. 엄마가 또 달래고 애원하고 눈물을 쏟았지만 여전히 꼼짝하지 않았다.

"은수야, 제발."

다가간 엄마가 딸의 손목을 움켜잡았다.

"놔요!"

그제야 번쩍 고개를 들고 눈을 뜬 은수가 사납게 울부짖기 시작했다.

"이런 법이 어디 있어요? 내버리고 달아날 때는 언제고 왜 불쑥 찾아와서 이러는 거예요? 한 번 버렸으면 그만이지 우리가 무슨 장난감이에요? 버리고 싶으면 버리고, 찾고 싶으면 다시 찾게요? 싫어요. 버리려면 미리 버린다고 말이라도 해 줬어야죠. 돌아올 거면 돌아온다고 미리 알려 줬어야죠. 그렇게 함부로 버리고 함부로 찾는 엄마 아빠라는 사람들, 다시는 안 믿어요. 용서할 수 없어

요. 얼마나 무서웠는지 알아요? 얼마나 울었는지 알아요? 왜 살
았는지 알아요? 영웅이가 어디에 있었는지 알아요? 보육원에, 아
빠 엄마 없는 아이들이 사는 그 보육원에 맡겨 두고 얼마나 무서
웠는지 알아요? 그 영웅이, 영웅이 찾으려고 겨우겨우 산 거예요.
그러니 이젠 됐어요. 영웅이가 엄마 만났으니 이젠 됐다구요. 난
혼자서 살 거예요. 건드리지 마세요. 가요, 난 엄마 아빠 필요 없
어요! 가요, 가!"

들는 엄마보다 소리치는 딸의 가슴이 더욱 찢어졌다. 그렇게 말
할 수밖에, 그렇게 미워하고 원망할 수밖에 없는 자신이 더 미웠
다. 이런 꼴을 보이느니 차라리 죽어 버릴 것을, 왜 이렇게 되리라
는 것을 미처 생각하지 못했을까. 어리석었던 자신이 한없이 원망
스러웠다.

"그래, 은수야, 알아. 다 알아. 모든 게 엄마 잘못이야. 용서해
줘. 제발, 한 번만 이 엄마를 용서해 줘."

엄마는 딸을 부둥켜안으며 매달렸다. 그래도 딸은 여전히 엄마
가슴을 벗어나려고 버둥거렸다.

"놔요, 놔!"

"은수야⋯⋯."

엄마와 딸의 몸부림은 끝날 것처럼 보이지 않았다. 보듬어 안으
려는 엄마, 벗어나려는 딸. 그리고 기어이 자신의 가슴을 쥐어뜯
던 엄마의 손이 딸의 등을 두드렸다.

"그래, 차라리 날 죽여라. 이 죄 많은 엄마, 네 손으로 죽여라. 그래서 네 가슴이 씻겨지고 웃으며 살아갈 수 있다면 차라리 날 죽여라. 그럼 엄마는 기쁘겠다. 나는 이렇게 살고 싶어 사는 줄 아니? 엄마는 목숨이 아까워 이러고 있는 줄 알아? 그래, 나도 죽고 너도 죽자. 그럼 영웅이는 어떻게 되니? 왜 그건 생각 못해? 영웅이가 너 없이 당장 하루라도 살 수 있을 것 같니? 영웅이 아직 엄마 소리 한 번 안 해. 그런데 너 여기서 네 멋대로 하면 영웅이는 어떻게 해? 또 영웅이, 네가 데리고 살래? 그래, 그럼 그렇게 해. 그 집에서 네가 영웅이와 살아. 엄만 멀리서 지켜보기만 할게. 그렇게라도 해! 제발! 제발!"

"……."

내가 왜 이러는지, 왜 갑자기 엄마의 가슴에 못을 박는 말을 하는지, 그동안 가슴에 쌓여 있던 북받치는 설움이 한꺼번에 터져 나온 것이었다.

이제 더 이상 원망의 말은 나오지 않았다. 엄마의 마음을 모르는 것은 아니었다. 그런 엄마에게 상처를 입혀서는 안 되었다.

세희가 다가가 어깨를 껴안았다.

"은수야, 영웅일 생각해. 우리 전에도 그랬잖아. 영웅이만 생각하면 뭐든 할 수 있다고 했잖아. 더구나 엄마잖아. 그렇게 평생 우리끼리 살아갈 것도 아니었고."

물론이었다. 언젠가 엄마와 아빠를 만나리라는 것은 예정된 일

126

이었다. 그럼에도 한 걸음씩 점점 수렁으로 빠져 들며 그 생각을 잊었던 것이다.

그때 묵묵히 지켜보고만 있던 준영이 말했다.

"그래, 너희를 욕할 사람은 아무도 없어. 잊어, 누구도 너희 상처를 기억할 사람은 없어. 내 기억엔 오직 그처럼 영웅일 사랑하던 예쁜 너희 모습밖에 없어. 너희는 용서를 빌어야 한다고 생각할지 모르지만 진정 용서를 빌어야 할 건 어른들이야. 떳떳하게 고개를 들어. 그래도 괜찮아. 그럴 자격 있어. 그래도 두렵거든 오직 영웅이만 생각해. 그러면 다시 웃을 수 있을 거야. 너희 웃는 모습 빨리 다시 보고 싶다. 난 어머님 모시고 먼저 갈게."

준영이 혜경을 부축해 일으켰다. 혜경은, 아직도 머뭇거렸지만 세희의 어깨에 지쳐 기댄 딸의 모습에서 이젠 자신 곁으로 다가올 것을 예감했다.

그래, 영웅이를 핑계 삼자. 엄마에게 돌아가는 것이 아니라 영웅이를 찾는 것이라 생각하자. 그리고 시간을 믿어 보자. 잊혀질 것 같지는 않지만 그래도 기다려 보자. 아직은 다가가지 못하지만 언젠가 기억이 지워질 때쯤이면 엄마 곁에도 다가갈 수 있겠지. 어쩌면 나보다 엄마가 먼저 기억을 지울 수도 있을 텐데. 얼마나 그리웠던 엄마의 그늘인가. 지난 며칠, 그렇게 긴장 속에 떨면서도 엄마의 온기에 포근해하지 않았던가. 이제 한 지붕 아래에서 언제나 엄마를 느끼며 숨 쉴 수 있는데. 그래, 영웅이를 핑계 삼아 엄마의 그늘로 들어가자. 엄마도 그렇게 모르는 척 넘어가 주실 테지.

마음을 다진 은수가 세희를 돌아보았다.

"너도 같이 가자."

"싫어, 나도 이젠 혼자서 살아 볼래."

"네가 그렇게 좋아하던 옥탑방이라면서."

"그래도 싫어."

"세희야, 제발."

"아니야, 걱정하지 마. 정말 내가 혼자 씩씩하게 살아갈 수 있을지 나도 그게 궁금해. 그래서 혼자 한번 열심히 살아 보려는 거야. 만약 무너질 것 같으면 내가 손을 내밀게. 그때는 네가 잡아 줘."

"그래도……."

"어쩐지 잘할 수 있을 것 같아. 두고 봐. 그리고 정말 잘하게 되면 그때는 외로움이 무서워서 널 찾아갈 거야. 지금은 외로움보다 내 자신이 두려워. 그래서야."

놓아줘야 했다. 새로운 삶을 향한 기지개를 켤 혼자만의 시간이 필요할 것이었다. 위험한 사람은 바로 자신이었다. 세희는 강한 아이였다. 분명히 껍질을 깨고 다시 태어날 것이었다.

"그럼 자주 놀러는 올 거야?"

"그거야 당연하지. 걱정하지 마. 매일 가서, 아마 곧 귀찮다고 할 거야. 그리고 너희 엄마 포장마차 하시면, 나 거기서도 아르바이트할 거야."

"그래, 꼭 그렇게 해."

"자, 이제 가자."

어둠이 드리워진 산동네에도 하나 둘 포근한 불들이 켜지고 있었다. 아이들은 그 전등불 그늘에 긴 그림자를 끌며 이제 새로운 길을 찾아 걸음을 내딛기 시작했다.

12

눈앞이 캄캄하고 절로 진땀이 배어났다. 포장마차에는 생전 가본 적도 없으니 당연한 일이었다. 바닷장어, 꽁치, 멍게, 해삼, 닭발, 돼지 꼬치, 오이, 당근, 고추, 마늘, 김밥, 가락국수……. 모든 것을 정숙이 알려 주고 세회가 거드는 대로 받아 적어 준비는 했지만, 무엇을 어디에 놓아야 할지, 진열장에 얼음을 먼저 깔아야 할지 안줏거리를 먼저 놓아야 할지, 가락국수 국물을 끓일 솥은 어디에 올리고 안주를 구울 연탄불은 어떻게 피워야 할지……. 집에서 안줏거리를 손질하고 김밥을 말며 준비할 때는 손쉬울 듯싶던 그 모든 것이 막막하기만 했다.

점점 시간이 흐르고 주변에 어둠이 깔리자, 이제는 다리까지 후들거리기 시작했다. 나름대로 진열한다고 했지만 도무지 어지럽게 늘어놓은 것만 같았고, 손님이 들어올까 오히려 두려웠다. 벌써 번개탄을 몇 개나 버렸는데 연탄은 불붙을 생각도 않고, 아직

술도 사다 놓지 못하고 있었다.

슈퍼마켓에 달려가 술을 먼저 사다 놓아야 할까, 또 번개탄을 사러 가야 하나. 허둥지둥 마음만 바쁘고 생각만 앞서 제자리에서 종종걸음 칠 뿐이었다. 자꾸 눈물이 쏟아지려 눈자위가 시렸다. 그래도 서글프지는 않았다. 털썩, 기어이 제자리에 주저앉은 혜경이 답답함에 얼굴을 가리고 찔끔거리는 눈물을 훔쳤다.

"여기, 주인 안 계시나?"

화들짝 놀란 혜경이 눈자위를 비비며 후들거리는 다리로 힘겹게 일어섰다.

"아……."

준영이었다. 맥주 상자, 소주 상자를 앞가슴에 받쳐 들고 싱긋 웃고 있는 준영이 구세주처럼 반가웠다.

"여태 개시도 못했어요?"

술 상자들을 내려놓은 준영이 이마의 땀을 훔치며 진열대 위를 둘러보았다.

"으, 응, 개시?"

"참, 제가 깜박 잊었네요. 진작에 다른 포장마차에 한 번 모시고 갔어야 했는데."

"다른 포장마차에는 왜?"

"다른 데는 어떻게 하나 미리 봐 뒀으면 오늘 이렇게 어려워하지는 않으셨겠죠. 자, 보세요. 진열장 안에는 이렇게 먼저 얼음을 깔고, 그 위에 안주를 종류별로 그릇에 담아 가지런히 두면 돼요. 특히 생선은 물이 좋게 보여야 하니까 이렇게 전등 밑에 두고요."

준영이 어지러운 진열장 안을 다시 정리하며 하나씩 설명해 나갔다. 그제야 혜경은 조금 마음이 가라앉고 기억도 살아났다.

"여기 가락국수 국물에 뭐뭐 넣으셨어요?"

조금씩 끓기 시작하는 국물을 맛보며 준영이 물었다.

"응, 멸치하고 다시마, 그리고 무하고 간장……."

"조미료 넣으셨어요?"

"아, 아니."

"잘하셨어요. 요즘 사람들 조미료 넣으면 금방 알아요. 특히 포장마차 손님은 술 마신 뒤거나 출출한 사람들이기 때문에 시원해야 좋아해요."

제법이었다. 준영은 익숙한 손놀림은 아니었지만 그래도 꼼꼼했다.

"이제 된 것 같아요. 그리고 연탄은 불구멍을 잘못 맞췄어요. 아래 불은 붙었는데 구멍이 안 맞으니까 빨리 안 타죠."

마지막으로 연탄불까지 확인한 준영이 소주병과 상표가 큼직하게 박혀 있는 앞치마를 혜경에게 건넸다.

"자, 이제 이것만 입으시면 되는 겁니다. 돈은 그 앞치마 주머니에 넣고요. 그리고 될 수 있으면 처음이 아닌 것처럼 노련하게 보이세요. 그래야 손님들이 함부로 안 해요."

"그래, 고마워. 참, 술값은 얼마야?"

혜경은 허둥거리며 술값을 셈하려 들었다.

"예? 하하, 아니에요. 장사되는 대로 천천히 주세요."

"아니야, 그럼 안 되지."

준영이 혜경의 말에 제 이마를 치며 어이없다는 시늉을 했다.

"어이구 참, 이런 데서는 그렇게 하는 거예요. 제가 오히려 저희 술 팔아 달라고 맡겨 두는 거예요."

"그, 그래?"

"예. 아 참, 세희는 어디 갔어요?"

그제야 생각난 듯 준영이 사방을 두리번거렸다.

"아르바이트 자리 구한다고……."

"예? 아니, 그 자식은."

"아니야. 내가 내일부터 장사한다고 그랬어. 그래서 오후에 아르바이트 자리 알아보러 나간 거야."

"아니, 왜?"

"처음엔 혼자 해 보고 싶었어. 누가 있으면 의지할 것 같고 자꾸 딴생각이 들 것 같아서."

알 것 같았다. 서글픔에 눈물을 흘려도 혼자서 흘리고, 어쩌면 무서움으로 도중에 문을 닫을지도 모르는데. 그 약한 모습을 아이들에게는 보이기 싫었으리라. 그래도 준영은 모르는 척 수선을 떨며 전화기를 꺼냈다.

"에이, 누가 이런 걸 처음부터 혼자 해요? 얼마나 바쁜 일인데. 이놈의 자식은 그만한 눈치도 없이……."

"아니야, 부르지 마."

준영이 어느새 휴대 전화를 꺼내 세희에게 접속을 시작하자마자, 거짓말처럼 전화벨 소리가 포장마차 안으로 들어왔다. 헐레벌떡 세희가 들어선 것이었다.

"아니, 내일부터 하신다더니?"

"야, 넌 그만한 눈치도 없냐?"

"그래, 일자리는 구했어?"

"인마, 아르바이트 자리야 내게 얘기하면 되지."

"피, 겨우 편의점 아니면 호프집?"

"인마, 거기가 어때서?"

"더 힘든 데로 구했어."

"뭐, 힘든 데?"

"힘 많이 들면 돈도 많이 줄 거 아니야? 그래서 커다란 마트에다 일자리 구했어."

돈이 아니라 땀을 흘려 제 자신을 이겨 보고 싶은 것이리라. 준영은 그런 세희가 대견스러웠다. 혜경은 문득 은수가 떠올랐다. 자신이 잘못한 게 아닌가. 서두르지 말고 차분히 대처해, 어디 일자리를 구해 땀을 흘릴 때쯤 모르는 척 찾을걸. 그랬으면 지금처럼 힘들어하지는 않을 텐데.

"그런데 지금 한창 바쁠 시간에 여기는 어떻게 왔어?"

"인마, 첫날인데 당장 술부터 갖다 놔야지."

"어쩐지, 결국 거래처 만들러 온 거네, 뭐."

"뭐라고? 이런…….."

"어머, 어서 오세요."

손님이 들어오고 있었다. 세희는 환하게 소리치며 반겼고, 혜경은 주눅이 들어 어쩔 줄을 몰라 했다.

"앉으세요. 뭘로 드릴까요?"

준영이 자리를 비켜서며 주문을 받았다.

"소주하고, 안주는 뭐가 좋나?"

"오늘은 꽁치하고 해삼, 멍게가 아주 싱싱합니다. 돼지 꼬치는 양념이 끝내 주고요."

준영도 너스레가 제법이었다. 그런 모습에 혜경은 저절로 미소가 지어졌고 마음이 놓였다.

사실 장사는 준영과 세희가 하고 있었다. 주문받은 꽁치와 돼지 꼬치는 세희가 구웠고, 준영은 소주병과 술잔을 건넨 뒤 가락국수 국물에 몇 가지 꾸미를 띄워 내놓았다. 우두커니 지켜보고 있던 혜경도 그제야 괜한 행주질을 하며 움직이기 시작했다.

"이 집은 엄마하고 자녀 분들이 같이 장사하나 봅니다."

"예, 우리 어머니시고 동생입니다."

손님이 묻자 준영이 대답했다.

"엄마, 여기 꽁치 다 구웠어요. 접시 주세요."

세희가 자연스레 엄마라고 불렀다.

"응? 어, 그, 그래."

"오빠, 배달 안 나가?"

준영을 부르는 오빠 소리도 천연덕스러웠다.

"아차, 어머니, 저 배달 마저 하고 올게요."

준영의 어머니라는 호칭이 귀에 설었지만 혜경은 고개를 끄덕였다.

"응, 조심하거라."

살아갈 수 있을 것 같았다. 혼자인 줄 알았는데 혼자가 아니기에 더욱 그랬다. 처음 낯설던 순간의 느낌은 주제넘은 편견이었다. 특별할 것도 없는 그 지난 기억에 연연해한 것은 진정 따스한 이웃을 몰랐기 때문이다. 색깔은 달라도 저마다 그렇게 웃으면서 살아가는 게 또한 삶인가 보았다.

벌써 자정이 넘고 2시가 지난 지도 한참인데 엄마의 발소리는 들리지 않았다. 해거름 무렵 조심스럽게 덜그럭거리는 소리 끝에 엄마는 말없이 집을 나섰다. 내일부터 한다더니 벌써 시작이구나 싶었다. 당장 달려가서 내가 대신하겠다고 나서고도 싶었다. 하다 못해 무거운 바구니라도 들고 따라나설까 하는 생각도 들었다. 그런데도 눈물 그렁한 마음과 달리 몸뚱이는 움직이지 않았다.

시간이 한참 더 흐른 뒤 방문을 열어 보았다. 좁은 부엌 한쪽에 저녁상이 차려져 있었다. 그리고 눈에 띈 하얀 종이쪽지.

'밥은 전기밥솥에 있다. 영웅이 잘 먹는 두부찌개 데워 먹거라, 생선도. 미안하다.'

뭐가 그렇게도 미안하다는 것인지, 왈칵 눈물이 쏟아져 한참을 울었다.

그 바쁜 중에도 새로 지어 뽀얀 김이 피어오르는 하얀 밥. 곱게 기름 발라 구워 놓은 반짝거리는 김. 파랗게 데쳐 무친 시금치. 갓 담가 싱싱한 배추김치. 노릇노릇 잘 구운 생선 한 토막. 그리고 고 춧가루를 조금 뿌려 끓인 두부찌개. 영웅은 맛있게 밥그릇을 비웠고 은수는 우두커니 지켜만 보았다.

취객의 노랫가락이 골목을 지나갔다. 새근새근 깊은 잠에 빠진 영웅을 안았다. 내내 자기 곁에서 잠들던 영웅을 오늘은 엄마 방에 눕혀 주고 싶었다. 영웅은 뒤척이지도 않고 고요히 엄마 자리 옆에서 꿈을 이어 갔다.

바람은 포근했고 하늘은 낮게 내려앉아 있었다. 눈이라도 올 모양이었다. 내일 아침에 세희의 말처럼 그림 같다는 그 하얀 세상을 볼 수 있었으면. 멀리서 두런두런 사람들의 소리가 바람을 타고 들려왔다. 가만히 들으니 귀에 익은 음성이었다. 엄마가 이제야 돌아오는 모양이었다. 벌써 집 아래였다.

"들어가. 들어가서 은수하고 같이 자."

"아니에요. 내일 아침에 옷 갈아입고 일 나가야죠."

"그래도 여기서 자고 아침 먹고……."

"안 돼요. 그럼 바빠요. 오빠가 나 데려다 줄 거지?"

"그래, 가자."

"아유, 그래. 그럼 미안하지만 준영이가 데려다 줘."

"예, 그만 들어가세요."

"그래, 잘 자."

"엄마도 푹 주무세요. 고단하실 거예요."

"그래, 너도. 첫 출근인데 늦잠 자지 말고."

오순도순, 자신도 끼어들고 싶었다. 하지만 은수는 마음과 달리 벌써 방으로 쫓겨 들어가 전등을 꺼 버렸다. 골목 입구에서도 환히 보이는 옥탑방인데. 금세 불이 꺼진 것을 모르지 않을 텐데.

힘들게 계단을 오르는 발소리가 들렸다. 문을 열고, 부스럭부스럭 무엇을 내려놓는 소리. 밥솥을 열었다 닫는 소리. 달그락, 두부찌개 냄비를 여닫는 소리. 찬장을 열어 설거지해 놓은 그릇을 만지는 소리. 다시 조심조심 방문 앞에 멈춰 귀를 기울이는 소리. 휴…… 가느다란 한숨 소리. 다시 엄마의 방문이 살며시 열리는 소리. 스위치를 올리는 소리.

"어머, 오늘은 영웅이가 왔네."

반가움에 겨워 떨리는 조용한 음성.

내가 왜 이러는 것일까. 뻔히 알면서, 엄마가 모르는 척하는 그 마음도 잘 알면서. 세희는 저렇게 잘 견뎌 내는데. 아직도 나는 어리광을 부리고 있는 것인가.

하얗게 눈 덮인 새벽이었다. 소복소복 눈 내리는 소리를 밤새 들었다. 선뜻 창문을 열고 내다보기가 너무 아까워 새벽이 오기를 기다렸다. 엄마가 깰까 조심스레 문을 열고 밖으로 나왔다.

"와……."

탄성이 저절로 나왔다. 한 폭의 그림 같았다. 너무도 아름답고 맑고 깨끗한 세상이었다. 산도 지붕도 나무도 거리도 온통 하얗게 색칠되어 있었다. 뽀드득 눈 밟는 소리도 듣기 좋았다. 눈바람 실린 차가운 공기는 오랜만에 상큼함을 느끼게 했다. 이대로 훨훨 눈이 되어 날았으면 싶었다. 옥탑방이 더욱 정겹게 느껴졌다.

"아유, 아름답기도 해라. 영웅이가 깨면 좋아하겠네."

그새 일어났는지 혼잣말 같은 엄마의 음성이었다.

침묵. 어색한 침묵이 다시 시작되었다. 엄마의 따스한 느낌이 뒷머리를 간질였다. 가만히 서서 자신을 지켜보고 있는 것이 틀림없었다.

"세희 오늘 첫 출근이라는데……."

중얼거리며 엄마가 부엌으로 돌아섰다. 은수는 그대로 붙어 버린 듯 멍하니 서 있었다.

"밥을 안 먹었더구나. 입맛이 없어도 먹어라. 몸이라도 상하면

140

어쩌려고."

무엇을 준비한 듯 다시 문을 열고 나오며 또 혼잣말처럼 엄마가 말했다. 은수는 숨소리도 죽인 채 그대로 서 있었다.

"은수야!"

아래에서 부르는 소리가 들렸다. 준영이었다. 낡은 트럭을 세워 둔 채 손을 흔들고 있었다. 아마 엄마와 함께 새벽 시장에 갈 모양이었다. 모두 몇 시간밖에 못 잤을 텐데. 은수는 말없이 준영에게 살며시 손을 흔들어 고맙다는 인사를 대신했다.

"아침밥은 좀 기다려라. 금방 시장에 다녀올게. 밤새 못 잔 모양인데 눈 좀 붙이렴."

바구니를 든 엄마가 은수 곁을 지나 계단을 내려가며 또 그렇게 혼잣말처럼 중얼거렸다. 은수는 아직도 서 있기만 하는 자신이 바보처럼 느껴졌다.

엄마가 옆 자리에 올라타자 준영의 자동차는 골목을 떠났다. 어떻게 돼 가는 것인가. 저들은 누구인데 벌써 하나처럼 느껴지나. 나는 누구인데 이렇게 점점 멀어져 가는 것인가.

은수는 쌀을 씻고 밥을 안쳤다. 어제 저녁밥이 그대로 있었지만 다시 지으려는 것이었다. 식은 밥이야 점심때 라면이라도 끓여 말아 먹으면 되겠지. 엄마가 뭘 좋아했더라. 그러고 보니 엄마는 별달리 좋아하는 게 없었던 것 같았다. 어쩌면 없던 게 아니라 아빠와 아이들을 먼저 생각했던 것이리라. 무엇을 만들까. 찬장을 열어 보고 냉장고도 열어 봤다. 온통 김밥 재료며 포장마차 안줏거리들뿐이었다. 냉장고 아래 칸에 갈치 한 마리가 숨어 있었다. 그것은 분명히 안줏거리가 아니었다. 구이를 할까, 조림을 할까. 은수는 서툰 솜씨로 조림을 만들었다. 두부도 조리고, 어제의 엄마처럼 참기름을 발라 김을 굽고. 시금치는 다뤄 본 적이 없어 그대로 두었다. 국은 계란찜으로 대신했다, 물을 넉넉하게 부어서.

"누나."

영웅이 깨어났다.

"응, 잘 잤어?"

"엄만?"

처음으로 잠들었던 엄마 방인데도 영웅은 아무렇지도 않게 두리번거리며 엄마를 찾았다. 이제 영웅도 제자리로 돌아간 모양이었다.

밥상을 차려 엄마 방으로 들여가는 동안 영웅은 옥상 눈밭에서 강아지처럼 뛰었다. 먼저 밥을 먹일까 하다가 그대로 두었다. 함께 눈사람을 만들었다. 다시 준영의 트럭이 나타나고 무거운 바구니를 들고 오는 두 사람을 보며 은수는 제 방으로 숨었다.

"영웅이 깼네. 잘 잤어?"

엄마의 말에 영웅이 새삼 쑥스럽게 얼굴을 돌렸다. 준영은 바쁘게 바구니를 내려놓고 영웅을 한 번 치켜들었다가 놓고, 후닥닥 계단을 내려갔다.

"아침 먹고 가, 금방 할게."

"됐어요, 시간 없어요. 어머니나 든든히 드세요."

방 안의 은수는 그 어색한 어머니 소리에 피식 혼자 웃음을 지었다. 바구니를 들여놓고, 쌀을 퍼 담던 엄마가 멈칫하는 게 느껴졌다. 밥솥을 열어 보고, 냄비를 열어 보고, 방으로 들어간 엄마가 차려진 밥상 앞에 우뚝 멈춰 서는 것도 느껴졌다. 한참 그렇게 서 있는 듯싶었다.

"영웅아, 밥 먹자."

다시 부엌으로 들어간 엄마가 잠시 덜그럭거리는 소리를 내더니 영웅을 불렀다. 영웅은 망설임 없이 엄마 방으로 뛰어 들어갔다. 엄마가 무엇인가 방문 앞에 내려놓고 있었다.

"너도 밥 먹어라."

다른 밥상을 차려다 문 앞에 둔 것이었다. 그러곤 엄마 방으로 들어가 문을 닫았다.

"자, 영웅이 뭐하고 먹을까?"

"응, 고기."

"그래, 자."

"우와, 매워. 엄마, 매워, 물, 물."

영웅은 이제 엄마라고 불렀다. 엄마가 바쁘게 물을 가지러 방문을 열었다. 은수는 가만히 숨을 죽이며 소리에 귀를 기울였다.

"자, 물 마셔."

"응, 호……."

갈치조림에 고춧가루를 너무 많이 넣은 모양이었다. 영웅은 아직도 호호거렸다.

부산한 하루가 시작되었다. 영웅은 눈 장난에 푹 빠졌고 엄마는 안줏거리 손질에 종일 분주했다. 잠이 부족할 텐데. 잠시라도 눈 붙일 시간을 얻으려면 익숙해져야 할 텐데. 아직 한참 더 지나야 손에 익을 테니, 내가 나가서 거들고 엄마는 주무시랄까. 마음만 그럴 뿐 입은 떨어지지 않았고 몸은 여전히 쪼그린 그대로였다.

4시가 훨씬 지나서야 세희가 찾아왔다. 먼저 엄마에게 아르바이트 일에 대해 조잘거렸고 안줏거리 간섭도 한참이나 했다. 엄마는 그저 세희가 하자는 대로 따라가는 눈치였다. 눈 장난에 지친 영웅이 은수를 찾아와 옆에 누웠다가 슬며시 잠들었고, 뒤늦게 세희가 밥상을 들고 방으로 들어왔다.

"아유, 답답해."

세희는 투덜거리며 낡고 두꺼운 커튼을 젖히고 유리창도 활짝 열었다. 따가운 오후의 햇살이 쏟아져 들어왔다. 눈이 부셨다.

"라면 먹자."

방바닥에 퍼질러 앉으며 세희는 은수에게 젓가락을 내밀었다. 아침부터 아무것도 입에 대지 않았지만 생각이 없었다. 그래도 세희는 라면을 덜어 주며 김치까지 얹어 줬다. 거절할 수 없어 젓가락을 들었다.

"아르바이트 힘들지 않아?"

멋쩍어서 먼저 은수가 물었다.

"아니야, 재미있어."

"뭘 하는데?"

"창고 정리도 하고 물건도 나르고. 야, 장사 아주 잘되더라. 오늘 하루 동안 배추만 열 트럭은 팔렸을 거야."

"그걸 너 혼자 다 날라?"

"아니, 다른 애들도 많지."

"한 시간에 얼마씩이야?"

"일당이 아니라 주급이야."

"몇 시간 일해?"

"여덟 시간. 아침 8시부터."

생각 없이 주고받은 이야기였는데 은수는 새삼 세희의 각오를 실감했다. 술에 취해 늦게 들어와 정오가 넘도록 일어나지 못하던 생활이었다. 단란주점을 그만둔 뒤로 술은 마시지 않았어도 그 생활은 별로 다르지 않았다. 그런데 갑자기 이른 아침부터 일어나 움직인다니. 그것도 엄마의 장사가 끝나는 늦은 시간에야 들어와서.

13

영웅의 이마가 점점 뜨거워졌다. 모두가 둘러앉아 저녁을 먹던 어제는 엄마의 얼굴에도 열이 올라 있었다. 아침부터 보채던 영웅이 저녁이 되자 기어이 앓기 시작했다. 엄마도 개운치 않은 듯 보여 은수는 아무런 내색도 않고 종일 영웅을 방 안에서만 데리고 있었는데, 이제는 다급했다.

"영웅아, 영웅아."

그렇지만 영웅은 아무런 대답도 없이 그저 끙끙 앓는 소리만 내었다. 더럭 겁이 났다. 병원으로 데려갈까 생각했으나 너무 무섭고 거리도 너무 멀었다. 아무래도 엄마에게 알려야 할 것 같았다. 집에는 전화도 없었다.

"영웅아, 누나 금방 엄마한테 갔다 올게."

"……."

이제는 의식도 없는 모양이었다.

은수는 정신없이 뛰었다. 아직 한 번도 가 보지는 않았지만, 세희가 지나가며 한 말에서 어디쯤인지 짐작할 수는 있었다. 시장 입구를 향해 돌아서자 곧바로 눈에 띄는 포장마차가 있었다. 그곳이었다.

　"어, 엄마, 영웅이…….."

　헐레벌떡 뛰어 들어온 은수가 더듬거렸다. 안주를 만들던 혜경보다 먼저 일어선 것은 준영이었다.

　"뭐? 영웅이가, 왜?"

　"아파, 정신이 없어. 병원에 데려가야 할 것 같아."

　"뭐? 영웅이가!"

　"어머니, 빨리 가요. 은수 넌 여기에 세희랑 있어."

　혜경의 말이 끝나기도 전에 준영이 그녀의 손을 잡고 뛰쳐나갔다. 놀란 세희는 어정쩡하게 서 있다가 얼른 조리대 앞으로 향했다. 은수는 어쩔 줄 몰라 발을 동동 굴렀다. 영웅이 눈앞에 아른거렸지만 달려가기에는 또 세희가 마음에 걸렸다.

　"난 괜찮아. 갔다 와."

　그러나 은수는 발이 떨어지지 않았다. 그제야 눈에 보이는 풍경.

　손님들, 진열장, 조리대, 개수대, 모락모락 김이 오르는 우동 국물, 석쇠가 올려져 있는 연탄 화덕, 촉수 낮은 백열등, 어깨 시린 찬바람……. 엄마가, 따뜻한 주방에서 예쁜 앞치마 차림으로 아빠와 아이들의 밥상을 차리던 그 엄마가 장사하는 곳이었다. 그런데도 자신은 그렇게 투정만 부리고 외면했으니.

"안 갈 거면 이리 와. 이거 좀 볶아."

낙지인지 오징어인지를 볶고 있던 프라이팬을 넘기며 세희는 진열장 안의 작은 생선 몇 마리를 꺼냈다. 익숙하게 석쇠 위에 올려놓고 소금을 뿌리는 솜씨가 제법이었다.

"야, 타겠다. 그만 접시에 담아서 드려."

"응? 응."

어지러운 생각들은 저만치로 사라져 버렸다. 당장 눈앞의 일들이 정신을 빼앗아 갔다. 술집 일을 마치고 늦은 밤에 몇 번인가 다녀 본 적 있는 포장마차의 기억은 손님으로서일 뿐이었다. 좁은 공간에서, 여기저기 주문하는 소리를 듣기도 바쁜데, 데치고 볶고 굽고 끓이고…….

"은수야, 거기 맥주병 좀 따 드려."

"여기 얼마야?"

"가락국수도 하나 주세요."

"야, 은수야, 뭐 해. 빨리 그쪽 좀 치워."

정신 빠지는 듯한 수선이 한참 동안 이어졌다. 그리고 썰물처럼 사람들이 나가고 금세 정적이 찾아왔다. 은수는 또 영웅을 생각하며 초조하게 서성거렸다.

"세희야, 엄마에게 전화 한번 해봐."

"기다려 봐. 엄마가 무슨 정신이 있겠니? 결과 나오면 준영 오빠가 금방 전화해 줄 거야."

세희도 초조하기는 했지만 훨씬 침착했다. 그리고 이내 약속이라도 한 듯 세희의 휴대 전화가 울렸다. 준영이었다.

"응, 오빠, 알았어."

전화를 끊는 세희의 표정이 환했다.

"뭐래?"

"걱정 마. 감기로 갑자기 열이 오른 거래. 엄마도 지금 같이 몸살감기 치료받았대."

어젯밤 엄마에게서 감기가 옮은 모양이었다.

"자, 이제 우리는 마음 놓고 장사나 하자."

팔을 걷어붙인 세희가 번쩍 행주를 쳐들며 소리쳤다.

저런 세희에게도 두려움이 있을까. 은수는 고개를 저었다. 언제나 잊은 듯 털고 일어나 활짝 웃으며 다시 뛸 수 있는 그런 용기만이 그녀의 것이었다. 슬픔이 닥쳐도 한 번 서럽게 울고 나면 다시웃을 수 있는 그런 세희가 곁에 있어 얼마나 힘이 되는지 몰랐다. 아르바이트를 시작해 바쁜 중에도 얼굴을 내밀어 몇 마디 말이라도 붙여 주고, 다시 뛰어나가 엄마를 돕던 세희. 죄스러운 가운데도 이렇게 마음 놓고 조금씩 걸음을 떼어 놓게 된 것은 모두 세희덕분이었다. 날마다 지나치는 말처럼 세희가 들려주는 엄마에게 있었던 일들은 모두 밝고 기운찼다. 희망이 바로 눈앞에 와 있는 듯이, 어둠은 저만큼 사라져 다시는 돌아오지 않을 듯이. 이제 그런 세희를 위해서라도 머뭇거리지 말고 마음을 열고 싶었다.

영웅은 거뜬해졌지만 엄마는 밤새 열에 들떠 알아들을 수 없는 헛소리까지 중얼거렸다. 줄곧 무리해, 쌓였던 피로가 몸살로 찾아든 것이었다. 정숙 아줌마의 말처럼, 떨어진 기력에 큰 병이나 되지 않을까 은수는 가슴이 덜컥 내려앉았다. 아침이 밝아 오고 새벽 시장을 보아 온 준영이 다녀간 뒤에도 엄마는 여전히 일어나지 못했다.

은수는 상을 차려 들고 방으로 들어갔다.

"이거라도 좀……."

기어 들어가는 은수의 목소리에 혜경은 힘겹게 일어나 밥상 앞에 앉았다. 아무리 힘들어도 은수 앞에서는 쓰러질 수 없었다.

흰죽 한 그릇과 영웅의 밥그릇이 놓여 있었다. 그제야 정신을 차려 방 안을 둘러보니 밤새 곁을 지켰던 듯 물이 담긴 작은 대야와 젖은 수건들이 흩어져 있었다. 가슴이 뭉클하면서 눈시울이 뜨거워졌다.

"너도 같이 먹자."

눈물을 보일까 봐 고개를 떨군 채 혜경이 말했다.

"……."

은수는 다시 말문을 닫았지만 금세 제 밥그릇과 수저를 들고 왔다. 그사이에 혜경은 눈물을 감추었다. 예전의 엄마가 아닌, 마음

놓고 의지해도 되는 그런 엄마의 모습을 보여 주고 싶었다. 아빠를 믿었듯이, 그렇게 엄마를 믿으며 다시 일어설 수 있도록.

"자, 밥 먹자. 영웅이도 누나 옆에 앉아."

억지로 힘을 내어, 한껏 밝은 목소리로 두 아이를 재촉했다.

"어젯밤에 장사하느라 고생했지? 미안하다."

먼저 엄마가 말했다. 엄마는 언제나 그렇게 미안하다는 말만 했다. 영웅이 아파서 자신이 뛰어간 것이고, 또 날마다 엄마와 세희가 하던 일을 조금 했을 뿐인데. 그리고 진정 미안한 것은 바로 자신인데.

짧은 침묵에, 혜경은 또 어색해질 것 같아서 얼른 영웅을 돌아보고 말했다.

"영웅이 이제는 괜찮아?"

"응."

"뭐 먹을까……? 그래, 누나가 맛있게 구운 거 같은데, 이거 생선 먹을까?"

"아니."

"그럼?"

"김치."

"와, 우리 영웅이 그새 많이 컸네. 김치를 다 먹고."

힘들 터인데도 엄마는 그렇게 애써 영웅과 이야기를 이어 갔다. 언제나 그랬다. 은수와 마주하면, 별 의미도 없는 이야기나마 영웅이든 누구하고든 쉼 없이 말했다. 그사이에 은수가 불쑥 한마디라도 끼어들기를 바라는 마음에서일 것이었다. 그래도 은수는 선뜻 입을 열 수가 없었다.

"방에만 있지 말고 어디 바람이라도 좀 쐬렴. 장사 나갈 때까지 아직 시간도 많이 있는데."

제 밥그릇을 다 비운 영웅이 무엇을 하려는지 방문을 열고 나가자 혜경은 다시 살며시 한 발을 내밀었다.

"오늘도 장사하게?"

들릴 듯 말 듯 은수가 말했다. 이에 혜경은 신이 나서 들뜬 목소리를 높였다.

"그, 그럼, 나가야지. 장사는 들쭉날쭉 쉬면 안 되는 건데."

"그럼 오늘도 내가 할게, 세희랑……."

갑작스레 오싹, 소름이 혜경의 온몸을 휘감았다. 고마운 그 마음에 가슴이 뭉클했지만, 그것도 술장사인데 하는 섬뜩함 때문이었다.

"아, 안 돼! 그건."

공연한 자신의 고함 소리에 혜경은 또 흠칫 놀랐다. 결국 잊지 못했다고, 쉽사리 잊을 수 없다고 스스로 고백하는 것과 다르지 않았다. 저절로 힐끔 눈치를 살피게 됐지만 다행히 은수는 고개를 숙이고 있어 눈길이 마주치지는 않았다.

"세희 아르바이트하는 데라도 한번 가 보든지. 네가 가 주면 힘이 될 거야."

어떤 반응이 나올까 두려워 혜경은 얼른 그렇게 둘러댔다. 조마
조마한 순간이었다.

은수가 가만히 고개를 끄덕였다. 다행이었다. 풀쩍 무너질 듯
긴장이 풀렸다.

"그래, 그냥 가기 뭣하면 뭐라도 하나 사 오든지. 응, 그래, 마침
집에 영웅이 군것질거리도 떨어진 것 같은데."

혜경은 벌써 주머니를 뒤져 돈을 꺼냈다. 차비며, 세희와 함께
할 점심값이며.

"뭐 사와?"

은수가 기어 들어가는 목소리로 살며시 말했다. 엄마의 마음을
모르는 것은 아니었다.

"응? 아, 아무거나. 그래, 초콜릿, 그것도 사고, 또……."

혜경의 목소리가 흥분으로 떨리고 있었다. 은수는 슬며시 고개
를 끄덕이고는 자리에서 일어섰다.

"와, 은수야!"

먼저 알아본 세희가 펄쩍 뛰며 달려왔다. 아마 회사에서는 유니
폼을 입는 모양이었다. 모두 같은 옷차림 때문에 은수는 미처 알
아보지 못했다.

"잘 왔다, 잘 왔어. 같이 점심 먹자."

"얘는, 지금이 몇 신데 벌써 점심을 먹어."

"그런가?"

시계를 들여다본 세희가 깔깔거리며 손을 잡아끌었다.

"어디 가?"

"응, 나 일하고 있었잖아. 좀 거들어 줘."

"그래."

쉬운 일은 아니었다. 더구나 세희는 남자 아이들보다 더 설쳤다. 몸을 사리는 법도 없었다. 배추 더미를 안아 손수레에 올리고, 다시 그것을 매장으로 옮기고, 또 진열대에 가지런히 정리하고. 낑낑거리며 무거운 박스를 들어 나르기도 했고, 힘에 부치면 지나치는 누구라도 불러서 거들어 달라며 손을 내밀었다. 그러다가 땀이 흐르면 닦고, 지치면 아무 곳에나 앉아서 헉헉거리며 쉬고. 그런 세희의 모습이 너무도 아름다웠다. 함께 헐떡거리는 그 숨결 속에서 은수도 즐거웠다.

"나도 여기서 일할 수 있을까?"

나란히 식당을 걸어 나오며 은수가 물었다.

"일?"

새삼스레 동그랗게 눈을 뜨는 세희였다.

"왜, 나는 안 돼?"

"아니, 그게 아니라…… 엄마가 말릴 텐데."

"왜? 언제 그래?"

"꼭 그렇게 말한 건 아니지만."

걸음을 멈추며 세희는 난처한 표정을 지었다.

"아니라면서 뭘?"

"그래도 엄마는 네가 3월부터는 다시 학교에 나갔으면 하시는 것 같던데. 너 공부는 잘했잖아, 내 기억에도 줄곧……."

"싫어, 학교는 안 가."

날카롭게 자르는 은수의 기세에 세희도 하던 말을 멈추었다.

생각해 보지 않은 것은 아니었다. 그렇지만 어떻게 다시 학교에 나갈 수 있을 텐가. 그것은 갑자기 바뀐 환경, 어려워진 살림, 늦어 버린 학업 같은 자존심의 문제가 아니었다. 떳떳이 바라볼 자신이 없는 것이었다, 친구와 선생님과 모두를. 엄마는 그것은 생각지 않고 있었다. 술집에서의 일은 잊을 수 있다고, 아무도 알지 못한다고 쉽게 생각했다. 하지만 자신까지 속이는 그런 거짓에 은수는 익숙지 못했다. 은수의 의식 속에는 아직도 그 일이 너무나 또렷했다.

"그럼 엄마 몰래 하자."

은수가 먼저 제안했다.

"꼭 해야겠니?"

세희는 여전히 난처해했다.

"그래, 땀을 흘리고 싶어, 너처럼."

은수는 간절했다. 세희 또한 그 의미를 모르지는 않았다. 자신도 그랬으니까.

"그럼 너 학교엔 정말 다시 안 갈 거야?"

"……."

"대학도?"

"몰라."

자신 없는 대답이었지만 세희는 믿을 수 있었다. 다짐을 받듯 물은 것은 바로 그것을 확인하고 싶었기 때문이다. 그리고 은수의 대답에서 분명 할 수 있을 것이라는 희망을 읽었다.

"그럼 좋아. 그런데 언제부터 일할 거야?"

"내일 당장이라도. 그런데 너무 일찍 나가면 곤란한데?"

"그래, 엄마 눈치도 봐야 하니까. 좋아, 그럼 10시부터 4시까지만 해. 저녁에는 영웅이를 봐야잖아."

"아니야, 9시부터."

"에라, 모르겠다. 그래."

세희는 제가 무슨 큰 인심이라도 쓰는 양 거들먹거리고는 깔깔거렸다.

세상은 하나만 있는 것이 아니었다. 아이들에게는 아이들의 세상이, 어른들에게는 어른들의 세상이, 또 다른 사람들에게는 그들만의 세상이. 그렇게 저마다의 세상에서 저마다의 방식으로 꿈을 꾸며 사는 것이 인생이었다. 그런 자신의 인생을 살아가는 사람들에게는 좌절이 두렵지 않다. 그들만의 세상에서는 좌절하고 쓰러져도 비난하거나 짓밟지 않는다. 그래서 그들은 다시 일어서고 도전하며 꿈을 일궈 가는 것이다.

14

세희가 말해 주지는 않았지만 혜경은 알 수 있었다. 은수는 일을 하고 있는 듯했다. 아침이면 서둘러 일어나 밥상을 차려 놓고, 어디론가 바쁘게 나갔다가, 혜경이 장사를 나가기 직전에야 돌아왔다. 지친 모습으로, 땀의 흔적을 가득 묻혀서. 아마 세희가 일하는 마트에서 함께 아르바이트하는 것이리라. 처음 한동안은 그렇게라도 집을 나서는 은수의 모습이 반가웠다. 우선은 그렇게 땀에라도 의지해 잊어버리고 곧 예전 모습으로 돌아오겠지. 그런데 이제는 서서히 불안감이 고개를 들었다. 저렇게 영원히 주저앉아 버리는 것은 아닌가.

혜경은 요즘 세희에게서 은수의 옛 모습을 보고 있었다. 거리낌 없고, 망설이지 않으며, 밝은 웃음이 넘쳐 나던 아이였다. 꿈도 많았다. 호텔 사장을 하겠다고도 했고, 방송국 프로듀서가 되어 세상을 그려 보겠다고도 했다. 또 어떤 때는 춤을 추고 싶다고도 했

158

고, 사진을 찍고 싶다고도 했다. 그런데 이제는 꿈을 접어 버린 것인가 싶어 안타까웠다. 밝은 세희의 모습을 볼 때면 더욱 그랬다. 어서 은수도 저렇게 돌아와야 할 텐데.

오늘은 말을 할까. 이쯤에서 곧 개학할 학교로 돌아갈 준비를 하라고. 그래서 다시 꿈을 찾고, 활짝 밝았던 옛날의 모습을 되찾으라고. 그래야 아빠가 돌아와도 웃을 수 있으며, 지난 악몽을 떠올리지 않을 수 있다고. 그래, 그래야겠다. 더 망설일 필요가 있을까. 저도 이미 반쯤은 마음을 돌이켰을 텐데. 붙잡고 차분히 이야기하면 고개를 끄덕여 줄 테지.

4시가 훨씬 지났는데도 은수는 돌아오지 않았다. 늦을 모양이었다. 그렇지만 오늘은 장사를 쉬더라도 이야기를 해야지. 옥상으로 올라오는 바쁜 걸음 소리가 들렸다. 이제야 오고 있었다. 긴장한 혜경은 마음을 다졌다.

"왔니? 늦었네?"

"응."

여전히 눈길은 피했지만 그래도 이제 대답은 했다.

힐끔 돌아보는 은수의 얼굴에 피곤이 가득했다. 지쳐 보였다.

"어서 들어가 쉬거라. 어딜 그렇게 다니니? 피곤해 보인다."

또 말을 못했다. 내일로 미뤘다. 엄마는 그렇게 조심스러웠다.

장사가 손에 잡히지 않았다. 은수 생각에 자꾸만 멍하니 넋을 잃었다.

"엄마, 무슨 생각하세요?"

"응? 아니야, 아무것도."

건성으로 대답하고 또 생각에 빠져 들었다.

혹시 내내 아빠를 기다리는 것은 아닐까. 생활을 걱정해서 그런 것은 아닐까. 그렇다면 먼저 아빠를 찾아야 하는 게 아닌가. 그런데 그이는 지금 어디에 있는 걸까. 사는 데 정신이 팔려 이제는 남편도 까맣게 잊고 있었구나. 어쩌면 친구인 용재 씨와 함께 다시 일을 시작한 것은 아닐까. 그들도 애써 찾고 있었으니 벌써 만났는지도 모른다. 누구도 은수 사는 곳을 모르니, 더구나 그렇게 이사를 했으니, 설령 용재 씨를 만나 우리를 다시 찾아 나섰더라도 방법이 없었을 것이다. 그는 분명 남편을 찾았을 것이다. 생각이 거기까지 미치자 혜경은 마음이 바빠졌다.

여기저기 뒤적여 명함을 찾고 용재의 휴대 전화 번호를 눌렀다.

"예."

기다리고 있었던 듯 신호음과 함께 음성이 들려왔다.

"저, 용재 씨죠?"

"어이구, 은수 엄마. 그래, 요즘 어디 계세요?"

화들짝 반가워하는 그의 태도에 바로 곁에 남편이 있는 것은 아닌가 들뜨기까지 했다.

"예, 저 요즘 장사해요."

"그래요? 무슨, 아니, 그보다 장사하는 곳이 어디예요?"

정작 남편 소식은 물어보지도 못한 채 그의 물음에만 대답했다. 그래도 무조건 찾아오겠다니 좋은 소식이 있기는 한 모양이었다. 혜경은 기대에 들떠 숨이 다 가빠졌다.

"고생이 많으시죠? 그래도 용합니다, 이렇게 굳은 마음을 다 먹고. 은수하고 영웅이도 잘 있죠?"

정말 기다린 듯 금세 달려온 용재의 두 눈에는 눈물이 그렁했다.

"예, 다 잘 있어요. 그런데⋯⋯?"

혜경은 여전히 바깥쪽을 흘끔거리며 말끝을 흐렸다. 눈치를 알아챈 그는 고개를 가로저었다.

"역시 은수 엄마도 모르는군요. 무슨 다른 사고는 아닌 것 같은데⋯⋯ 나도 혹시나 싶어서 경찰을 통해 알아봤는데 아무런 일도 없었어요."

용재가 낙담의 한숨을 내쉬었다.

그도 남편의 소식을 모르고 있었다. 도대체 남편은 어디로 사라진 것인가. 혜경은 눈앞이 캄캄하고 정신이 아득했다.

15

"와! 아빠, 아빠다! 엄마, 아빠!"

아르바이트를 나가려던 은수는 놀라 우뚝 멈춰 섰다. 엄마 방에서 터져 나오는 고함은 분명 영웅의 것이었다. 새벽이 다 되어 들어오던 엄마의 기척에 잠시 눈을 떴었다. 다른 인기척은 없었다. 얼른 문간에 가지런히 놓인 신발을 둘러보았지만 남자 신발은 없었다. 그런데 아빠라니?

"엄마! 아빠야, 아빠!"

그래도 영웅의 고함 소리는 계속됐고 엄마가 대답했다.

"그래, 맞아. 아빠야, 영웅이 아빠. 아빠 맞지?"

"응, 아빠 맞아. 누나!"

가슴이 철렁하는 순간, 영웅이 방문을 열며 튀어나왔다. 차라리 도망가야지, 걸음을 옮기려는데 영웅의 손에 작은 액자가 들려 있었다. 설핏 액자 속의 사진이 눈에 들어왔다.

"누나, 이거 봐. 아빠야, 아빠."

영웅이 다가오기도 전에 기억이 떠올랐다. 언젠가 외갓집에서 온 식구가 정원에 모여 바비큐 파티를 하며 찍은 사진 중의 하나였다. 맨 왼쪽의 아빠는 청색 면바지에 체크 무늬 남방을 입었고, 그 옆의 엄마는 하늘색 바탕에 작은 꽃무늬가 놓인 투피스를 입었을 것이다. 병아리처럼 노랗게 차려입고 엄마 앞에 쪼그려 앉은 영웅의 옷은 온통 지저분하게 얼룩져 있었고, 자신은 무슨 까닭에서인지 교복을 입고 있었다. 아, 그랬다. 갑작스러운 가족 모임 때문에 친구와의 공연 관람 약속이 깨졌다고 심통을 부리느라 옷을 갈아입지 않았었다.

"누나, 여기. 아빠, 엄마, 나, 누나."

내미는 액자 속의 사진은 선명한 기억 그대로였다.

"응…….."

"누나 또 어디 가?"

새삼스레 영웅이 빤히 쳐다보며 물었다.

"응, 금방 올게."

"싫어, 아빠 사진도 있는데."

영웅은 그 사진 한 장으로 하루 종일 누나와 이야기를 나누고 싶은 모양이었다. 엄마를 보았을 때는 그러지 않더니, 아빠는 사진 한 장만으로도 금방 소리 내어 부르며 수선이었다. 엄마가 서운하지 않았을까. 하지만 그건 아마 엄마와 함께 지내며 저절로 지난 기억에 익숙해진 때문이리라.

"은수 또 나가니?"

방 안에서 엄마의 음성이 흘러나왔다.

"……."

"이야기 좀 하고 싶은데."

그러나 은수는 대답도 없이 돌아섰다.

어제 엄마는 새벽부터 종일 집을 비웠다. 은수는 어쩔 수 없이 일을 나가지 못했고, 엄마는 저녁때가 다 되어서야 작은 쇼핑백을 하나 들고 말없이 돌아왔다. 그리고 준비는 하는 둥 마는 둥, 서둘러 준영을 따라 또 장사를 나갔다. 어디를 다녀왔는지, 쇼핑백은 무엇인지 궁금했지만 묻지도 않았고 뒤져 보지도 않았다. 그런데 갑자기 외갓집에 있었던 아빠의 사진이라니. 도대체 무슨 의미인가. 혹시 아빠와 연락이 닿기라도 한 것인가. 그런데 왜 아빠는 나타나지 않고…….

빨랫줄에 널린 남편의 옷가지가 바람에 휘날렸다. 영웅은 그 아빠의 옷만으로도 반갑고 기쁜 모양이었다. 공연히 다시 꺼내 빨래하는 동안에도 영웅은 아빠 사진이 담긴 액자를 손에 들고 곁을 떠나지 않았다. 바람에 펄럭거리는 빨래 아래에서는 한참이나 노래를 흥얼거리며 놀았다.

혜경은 남편을 믿었다. 어디에서 무엇을 하든 절대 아내와 자식을 잊을 사람이 아니라는 생각뿐이었다. 무엇인가 다른 계획이 있는 것이리라. 처음에도 그 따스함이 좋았다. 살아오면서는 더욱 그 정이 미더웠다. 그런데 이제라고 믿지 못할 게 무엇인가.

옥상으로 올라오는 발소리가 들렸다. 아르바이트를 나갔던 은수가 돌아오는 소리였다. 아침에 본 아빠 사진에서 은수도 기운을 얻었을까, 혜경은 긴장하면서도 잠시 생각해 보았다.

"왔니?"

한껏 정다운 혜경의 음성에도 은수의 눈빛은 싸늘했다.

"왜? 무슨 일 있었어?"

"……."

"잠깐 얘기 좀 하자."

"뭔데?"

목소리가 높았다. 아빠 사진에 오히려 반발하고 있는 것이었다. 그래도 이 고비를 넘겨야지, 혜경은 생각했다.

"너 아르바이트 나가는 거 알아. 그런데 이젠 그만 했으면 좋겠다. 땀을 흘리는 것도 보람되지만 넌 아직 학교에 다닐 나이잖아."

"왜, 아빠가 무슨 연락이라도 준 모양이지?"

설렘보다는 불안이 더 가득한 눈빛이었다.

"그건 아니야."

"그런데? 그런데 왜 갑자기 사진은 찾아온 거야? 또 저건 뭐야? 도망쳐 버린 사람 옷은 왜 가져왔어?"

눈물까지 흘리기를 바라지는 않았지만 그래도 아빠를 생각하고 있을 줄 알았는데 전혀 아니었다. 아니, 말투부터 이미 완전히 달라져 있었다.

"너 정말 왜 이래? 아무리 실패해도 아빠는 아빠야. 그리고 아빠는 반드시 돌아오실 거야."

"흥, 눈물겹네. 그래서 나보고 어떡하라고? 저 아무것도 아닌 옷가지를 보고 반가워하며 춤이라도 추라고?"

휙 몰아치는 바람에 남편의 옷들이 뒤집히며 요동을 쳤다. 영웅이 그 아래에서 우두커니 지켜보고 서 있었다. 혜경은 반가운 마음에 괜한 억지를 부리는 것이려니 하고 애써 마음을 누그러뜨렸다.

"너보고 당장 어떻게 하라는 게 아니야. 그냥 옛날처럼, 다시 그렇게 돌아가자는 거야."

"옛날? 뭐야, 갑자기 무슨 돈뭉치라도 생긴 거야?"

"누가 너보고 돈 걱정 하랬어! 돈은 엄마가 벌어. 엄마가 벌어서도 너하고 영웅이 학교는 보낼 수 있어!"

기어이 혜경도 목소리가 높아졌다. 투정이라고 언제까지 받아줄 수는 없었다.

"학교? 그게 뭔데? 그게 그렇게 대단한 거야? 나, 공부 안 해. 하기 싫어! 그냥 이렇게 살래!"

"안 돼! 하기 싫어도 다녀!"

"흥, 왜? 하기 싫은데, 왜?"

각오는 했지만 이렇게까지 비틀어졌으리라고는 생각지 않았다. 무서웠다. 그러나 어떻게든 달래 줘야 했다. 혜경은 무릎이라도 꿇고 싶은 심정으로 다시 간절히 애원했다.

"은수야, 엄마가 너보고 공부해서 무슨 대단한 사람이 되라는 것도 아니잖아. 그냥 네가 있어야 될 자리에 있어 달라는 거야. 그리고 천천히 다시 생각하며 옛날처럼 자라 달라는 거야. 제발, 응?"

엄마의 눈물 앞에서도 은수는 꿈쩍 안 했다. 오히려 싸늘한 비웃음까지 입가에 머금었다.

"내가 있어야 될 자리가 어딘데? 그게 아직도 남아 있어? 학교? 거길 어떻게 가? 엄마는 내가 거길 갈 수 있다고 생각해? 엄마라면 그렇게 뻔뻔하게 나갈 수 있겠어? 내 양심을 속이고, 친구를 속이고, 선생님을 속이면서?"

기어이 그것이 터지는가. 혜경은 은수의 입이라도 틀어막고 싶었다. 다시 입에 담아서는 안 되는 일이었다. 그런데도 은수는 제가 먼저 서슴없이 말하려 했다. 그렇게 두려워 떨며 감추던 아이가.

"다들 몰라. 아무도 몰라. 너도 그냥 모르는 척하면 되는 거야."

"뭘, 뭘 모르는데? 술집에 나간……."

"은수야!"

엄마가 발악하며 비명을 질렀지만, 이미 터져 버린 은수의 말문은 닫히지 않았다.

"그래, 나 술집에 나갔어. 그리고……."

"은수야!"

철썩! 은수의 뺨을 때린 혜경은 얼굴을 감싸 쥐었다.

"그만, 그만, 은수야⋯⋯."

터져 버린 엄마의 통곡에도 은수는 눈물 한 방울 없이 독하게 견디며 서 있었다.

"누나."

엄마가 우는데 영웅은 오히려 누나의 발치에 매달렸다. 그런 어린 동생의 측은한 모습에 은수는 도망치듯 계단을 뛰어 내려왔다.

"누나, 가지 마! 누나!"

영웅의 비명이 귓전을 때렸다. 은수는 솟구치는 눈물로 캄캄한 벼랑을 향해 무작정 내달렸다.

석양이 드리우고 절망스러운 어둠의 밤이 찾아왔다. 화려한 네온사인 불빛도 아이의 마음을 밝혀 주지는 못했다. 얼마를 그렇게 걸었는지 모른다. 갈 곳이 있을 리 없었다. 반겨 줄 누구도 없었다.

문득 어쩌면 엄마가 장사를 나갔을지도 모른다는 생각이 들었다. 영웅이는 어떡하고, 하면서도 마음이 놓이지 않았다. 어디에 그런 억척스러움이 숨어 있었나, 놀라우리만큼 강해진 엄마였다. 은수는 다시 걸음을 옮겨 포장마차가 있는 시장통 입구를 향했다. 그런데 정말 포장마차에 불이 켜져 있었다. 어른거리는 엄마의 그림자도 비쳤다.

미쳤어, 정말! 퉁겨지듯 돌아선 은수는 쏜살같이 달렸다. 다들 미쳐 버린 세상이 아닌가. 어린애를 혼자 두고 장사 나갈 생각을 다 하다니. 자물통 채워진 방 안에서 헐떡이는 영웅의 울음소리가 귓전을 간질였다. 지쳐 잠든 영웅의 환영이 눈앞에 아른거렸다. 비명을 내지르며 정신없이 뛰었다.

옥탑방에서 희미한 전등 불빛이 흔들거렸다. 영웅의 비명 소리도 들리지 않았다. 그래도 헐레벌떡, 나는 듯이 뛰어 계단을 올랐다. 자물통도 채워져 있지 않았다.

"영웅아!"

벌컥 방문을 열었지만 그림자도 없었다. 다시 자기 방문을 열어젖혔다.

"여, 영웅아."

"왔니?"

영웅은 잠들어 있었고 꾸벅거리던 세희가 졸리운 눈을 비볐다.

"영웅이 괜찮아?"

"그럼, 내가 잡아먹니?"

분명 저녁 무렵에는 엄마가 입혀 준 옷을 입고 있었는데, 잠든 영웅은 미키 마우스 잠바를 목까지 올려 입은 채였다. 거기에다 누나를 기다리며 깔고 앉던 방석이며, 인형까지 한 아름 가슴에 안고 잠들어 있었다. 또 놀랐겠구나, 누나가 떠났는가 해서.

"엄마 방에서 놀자고 했더니 꼭 이 방에 있겠단다. 갑자기 네가 사준 티셔츠에 잠바까지 꺼내 입고. 너, 집 나가면 큰일 나겠더라."

"언제 왔어?"

"너 나가고 금방."

묻고 싶었다. 어떻게 그렇게 선뜻, 아이를 맡기면서까지 장사를 나갔는지. 분노가 치밀었다. 홍분된 감정의 불씨는 순식간에 격한 불꽃이 되어 타올랐다. 모두들 버리는 데 너무도 익숙하다. 삶을 핑계로 모든 것을 덮어 버린다. 다 거짓이다. 위선이다. 딸의 통곡도, 어린 아들의 외로움도 모두 생존 문제 다음이다. 그까짓 삶이 무엇이라고, 목숨이 무엇이라고. 이제는 엄마도 여느 사람과 다르지 않구나, 생각되었다.

"나, 갈게. 엄마 혼자서 힘들어."

세희는 서둘러 방을 나갔다.

우두커니 혼자 남은 은수는 제 마음속의 진실이 궁금했다. 미움인지, 그리움인지, 자책인지, 투정인지, 도무지 알 수 없는 감정들이 뒤범벅되고 엉켜 버려 혼란스럽기만 했다. 하지만 아무리 생각해도 그 갈피를 찾을 수가 없었다. 스스로 모든 것을 감당하기에는 아직 어린 나이였다.

"누나……."

영웅이 또 누나만을 부르며 뒤척였다. 은수는 신음하듯 부르는 소리에 가슴이 찢어졌다.

변명이다. 다 그럴듯한 핑계일 뿐이다. 언제나 자식을 앞세우지

만 결국은 모두 자신들을 위한 것이다.

　난 인질이다. 영웅이가 있어 돌아올 수밖에 없을 거라고 엄마는 짐작했던 것이다. 그래, 난 떠날 수 없다. 다시 영웅을 버릴 수 없어 떠나지 못한다. 하지만 이대로 있지는 않을 테다. 다 말라 죽을 때까지, 모두가 피를 토하는 고통을 터뜨릴 때까지. 아니, 차라리 그렇게 만들어 버릴 테다.

16

잘못 시작한 것은 아닌지, 혜경은 후회도 들었다. 미처 마음의 준비가 되어 있지 않은 아이에게 너무 서둘렀던 것은 아닌지. 차라리 더 기다릴 것을, 안타까워도 혼자서 가슴 태울 것을.

산다는 게 그랬다. 잊어야 할 것은 잊지 못하고 잊지 말아야 할 것은 오히려 잊었다. 처음 소식을 듣고 은수를 찾아 단란주점을 향할 때만 해도 가슴을 찢는 자책뿐이었다. 아무래도 좋았다. 그저 찾고 싶은 마음뿐이었다. 그 외의 것은 다 잊을 수 있었고 바라는 것은 아무것도 없었다. 언제까지고 스스로 잊기를 기다릴 것이라고 수없이 다짐하기도 했었다. 그런데 막상 아이를 찾아 얼굴을 마주 대하자 조금씩 기대하는 마음이 고개를 들었다. 어서 되돌아왔으면, 이제 그만 잊어버리지 않고…….

"너 정말 왜 이러니?"

방문 열리는 소리에 뛰쳐나간 혜경은 은수 앞을 가로막고 섰다.

오늘도 그대로 두고 볼 수만은 없었다. 날마다 반복되는 외출. 이제는 아르바이트가 아니었다. 짙은 화장에 짧은 치마, 날마다 더해지는 요란한 차림새로 아침이면 어디론가 시위를 나서는 것이었다.

빤히 들여다보이는 눈빛에는 오직 이글거리는 반항만이 가득했다.

"제발 이러지 마. 너 이러지 않았잖아. 세희처럼 밝고 환한 아이였잖아. 그런데 왜 이래? 차라리 엄마 가슴을 찢으며 발악을 해. 내가 받아 줄게. 내가 다 감당할게. 그러니 제발……."

"아니야, 나 원래 이런 애였어. 비켜."

애원해도 은수는 귀찮기만 하다는 투였다.

"은수야."

"걱정하지 마. 난 영웅이 혼자 두지 않아."

"누가 너보고 영웅이 보랬어."

"하긴, 영웅이가 신경 쓰이기나 하겠어. 장사가 중요하지."

비뚤어지려고 애를 쓰고 있었다.

"그래, 난 장사가 중요해. 영웅이를 위해서라도 장사를 하고 돈을 벌어야 돼. 그래서 하는 거야."

"영웅이 핑계 대지 마. 언제 영웅이가 돈 달랬어?"

"뭐? 그럼 학교는 뭘로 보내니? 가르치지도 않고 그냥 우두커니 얼굴만 바라보고 있으면 돼? 엄마는 뭐, 혼자 잠들어 있는 영웅이가 보기 좋은 줄 알아? 그래도 먼 훗날이 있기 때문이야. 엄마보다도, 아빠보다도, 더 오래 살아야 할 너희이기에 거름이 되려는 거야. 세상에 어느 부모가 잠시라도 자식을 두고 떠나면서 마음 아파하지 않겠니? 영원히 눈을 감는 순간까지 눈에 밟히는 게 자식이야. 너희는 너희 가슴의 상처만 생각하지? 그렇지만 부모에게 자식의 상처는 차라리 지옥이야. 더구나 다른 사람은 몰라도 너희 아빠는 더욱 그래, 분명히. 미워하려면 차라리 무능하고 나약한 날 미워해. 난 이렇게 너희 곁에서 숨이라도 쉬지만, 아빠는 아마 지금 살아 있다면 죽음보다 더한 고통에서 허덕일 거야. 넌 몰라도 난 알아. 그런데 사랑받고 지켜 줄 수 있을 때만 아빠고 부모야? 아빠도 사람이야. 살아가다 보면 쓰러질 때도 있고 무너질 때도 있어. 지금은 너보다 아빠가 더 아플 거야. 그럴 때 도와줘야 하는 사람이 누구야? 나도 그래서 더욱 아빠를 믿어. 사랑해, 더 사랑할 거야. 그래서 더욱 네가 옛날로 돌아가야 한다는 거야. 그래야 아빠도 어디서건 힘을 얻을 거야. 제발, 너만 생각하지 마. 그래야 우리가 진정한 가족이 되는 거야. 제발, 제발 부탁이야."

폭포처럼 쏟아 부은 혜경은 눈물조차 흘리지 못하고 멍하니 서 있었다. 자식에게 매달려 사정한다는 것, 모든 것을 드러내어 발가벗은 채 용서를 빈다는 것, 그것은 결국 항복인 셈이었다. 무참했다. 그렇게까지 초라해야 하는 자신이 서글펐다. 감추려는 것이 아니었다. 부모라는 이름으로 덮으려는 것도 아니었다. 다만 자식에게 이제는 마지막 의지도 될 수 없는 초라한 자신이 허무했다.

언제까지라도 자식의 의지처가 되고픈 게 부모의 심정인데.

어깨가 축 처진 은수는 기운 없이 신발 끈을 묶었다. 혜경이 부리나케 달려가 그 주머니 속에 용돈을 찔러 넣었다. 이제 할 수 있는 일은 오직 그것뿐이었다.

하지만 힐끗 돌아본 은수는 그 돈마저 내던지듯 바닥에 놓고 말없이 돌아섰다. 그래도 아침마다 제 방에 들여놓는 몇 푼의 용돈이나마 가지고 나갔는데. 어쩌면 그것은 엄마와의 소리 없는 마지막 약속이었는지도 모르는데.

이제는 끝이구나, 혜경은 예감했다. 더는 영웅을 두고 장사를 나갈 힘이 없었다. 하나를 잃어버리고 다른 하나를 지킨다고 해서 위로가 되지는 않을 것이었다. 허탈한 혜경은 그렇게 넋을 잃은 채 허공만 바라볼 뿐이었다.

사실은 갈 데도 없었다. 아무렇게나 울긋불긋 칠한 화장에 요란한 차림으로 집을 나서기는 했지만 은수가 갈 곳은 그 어디에도 없었다. 그저 하릴없이 종일토록 거리를 걷다가 다리가 아파 지치면 극장을 찾아 우두커니 앉아 있는 것이 전부였다. 그러다가 엄마가 장사 나갈 시간에 터벅터벅 돌아와 영웅이 잠들 때까지 물끄러미 지켜보다 쓰러지면 그뿐이었으니, 용돈이 필요할 것도 없었다.

세희도 얼굴을 마주치려 하지 않았다. 바쁜 준영은 더 말할 것도 없었다. 모두가 떠나간 것인지 자신이 모두를 떠나온 것인지 알 수가 없었다. 사람이 그리웠다. 그런데도 다가갈 자신은 없었다.

문득, 정말 누구도 자신의 과거를 기억하지 못하는 게 아닐까, 그냥 뻔뻔스레 살아도 되지 않을까 하는 생각도 들었다. 어쩌다 한 사람쯤 만나더라도 내가 먼저 시침 떼고 거짓말해 버리면 그만 인데. 하지만 아직 그렇게 거짓에 익숙하지는 못했다. 은수는 괴로움에 또 도리질 치며 머리카락을 헝클어뜨렸다.

역시 오늘도 포장마차에는 불이 밝혀져 있었다. 이제 엄마에게 소중한 것은 무엇보다 삶이었다. 오기를 부리느라 바쁘게 털어 넣은 소주 몇 잔에 빨갛게 얼굴이 달아오른 은수가 휘청거리는 걸음새로 포장마차에 들어섰다.

"어, 은수야?"

동그란 눈으로 맞은 것은 뜻밖에도 세희였다. 엄마의 모습은 어디에도 없었다. 묻고 싶지도 않았다. 어디 잠깐 시장에라도 갔나 보지. 영웅이는 준영 오빠가 데리고 있거나 근처 어디에라도 데려다 놓은 모양이지.

"벌써 한잔한 거야? 나랑 같이하지."

기운이 빠져 마음에 없이 중얼거리면서도 세희의 손길은 여전히 바빴다. 손님도 없는데 무엇을 저렇게 준비하나. 그러고 보니 진열장이 썰렁했다. 그런데도 뒤틀린 은수의 생각은 오직 외길로 치달았다. 이제는 완전히 되는 대로 사는구나.

"바쁘니까 우선 저기 안줏거리들을 진열장에……."

세희가 슬며시 하던 말을 멈추었다. 은수는 벌써 소주병을 열어 잔에 따르고 있었다. 어이없이 바라보던 세희가 국물 한 그릇을 앞에 놓아 주고 다시 바쁘게 손을 움직였다.

맥 빠진 침묵이 이어졌다. 세희의 손길이 한가해질 무렵 손님이 들어왔다.

"어서 오세요."

"응, 그런데 오늘 고운 엄마는 어디 가셨어?"

"왜요? 엄마는 왜 찾으세요?"

"이놈아, 네 엄마 길고 예쁜 손가락 보는 맛에 날마다 오는데."

"우리 엄마 손가락이 그렇게 예뻐요?"

"그럼, 그런데 그 손이 점점 거칠어져서 내 가슴이 다 무너진다, 무너져."

남자의 과장된 익살에 세희는 장단까지 맞추었다.

"피, 말만 그러실 게 아니라 정말 그러시다면 크림이라도 한 통 사다 주세요."

"뭐? 아니, 그러다가 너희 아빠한테 혼나면 어떡하고? 아빠가 경찰이라며?"

"그걸 어떻게 아셨어요?"

"인마, 네가 그랬잖아. 아빠 경찰이니까 괜히 딴맘 먹으면 혼난 다고. 온 동네에 소문이 파다한데."

"내가 그랬나? 난 왜 이렇게 입이 싸지."

"뭐? 저런 놈의 능청…….."

지켜보는 은수의 눈에도 세희가 진짜 딸처럼 느껴졌다. 상처 따위는 아랑곳없는 환한 웃음에 엄마까지 끔찍이 여기는 그 마음은 진정 돌아가고픈 예전의 자기 모습이었다. 아마 짓궂은 손님들의 농담을 받아넘기지 못하는 엄마를 생각해 꾸며 내었을 능청까지. 부러울 뿐이었다.

"그런데 정말 너희 엄마 어디 가셨냐?"

한참 동안 술잔을 기울이던 손님들이 다시 엄마를 찾았다. 은수도 그제야 슬며시 궁금해졌다. 벌써 시간도 제법 되었는데 도무지 소식이 없는 것이었다. 그래도 은수는 장사를 나오지 않았으리라고는 생각하지 않았다.

"엄마 오늘은 쉬세요."

뜻밖의 대답이었다.

"그래? 어디 아프시니?"

"아니에요. 그냥 쉬시겠대요, 동생도 있고."

세희가 힐끔 은수를 돌아봤다. 그대로 우두커니 앉아 있기는 하지만 굳은 표정이었다.

"하긴, 가끔씩 쉬기도 해야지. 생기기는 그렇지 않은 분이 어지간히 억척이시더니…… 그래서 오늘은 네가 혼자였구나?"

"예. 엄마는 오늘 장사 쉬자는데 그럴 수 있어야죠. 그래서 살그머니 나왔어요. 대신에 오빠가 일찍 올 거예요."

"뭐? 딸은 더 억척일세, 허허."

은수는 자신의 생각과 달리 엄마가 영웅의 곁을 떠나지 않았음에도 선뜻 그 마음이 받아들여지지 않았다. 왜 이렇게 어긋나는 것일까. 일부러 찾아왔는데. 다시 엄마를 화나게 하고, 또 다퉈서 끝내는 부둥켜안고 엉엉 울어 버리게 되더라도 이제는 마음속의 이야기를 뱉어 보고 싶었는데.

몇 차례 손님이 바뀌고 다시 한가해졌다. 잠깐씩 틈이 없었던 것은 아니지만 까닭 모를 어색함에 두 아이는 서로 외면한 채 침묵만 지켰다. 은수 앞에는 아직도 소주병이 놓여 있었지만 술잔의 술은 그대로였다. 시위였다. 뒤틀린 척, 반항 가득한 척 흉내를 내었을 뿐, 이미 상대를 잃은 시위는 시들해져 있었다. 망설이던 세희가 술잔을 들고 와 은수 앞에 내밀었다.

"나도 한 잔 줘."

무슨 일이든 오래 끌며 애태우지 못하는 세희였다. 하지만 은수는 소주병을 슬며시 옆으로 밀쳐 놓았다.

"왜 그래? 너만 마셔?"

"……."

"그럼 술병 이리 줘. 내가 따라 마실 거야."

"네가 왜 장사를 나와?"

장난이라도 걸듯 싱글거리는 세희에게 은수는 그렇게 쏘아붙였다.

"그럼 시작한 장사를 아무렇게나 하다가 말다가 해?"

세희가 술잔을 내려놓으면서 정색을 지었다.

"그렇다고 네가……."

"네가 잘하면 될 거 아니야. 엄마 이제 완전히 포기한 사람 같아. 장사할 준비는 하나도 안 하고, 넋이 빠져 계셨어. 왜 그렇게 힘들게 해? 엄마가 무얼 그렇게 잘못했어? 이쯤에서 그만 해."

"뭘 그만 해? 난 엄마에게 아무것도 바란 거 없어. 혼자서 저러는 거지."

"너, 그게 말이 되니? 그런 억지가 어디 있어. 그럼 딸이 자꾸 엇길로 가는데 엄마라는 사람이 가만히 보고만 있어야 돼? 너, 아빠 사진 때문에 그러는 모양인데, 그럼 넌 평생 혼자서, 아니면 엄마와 영웅이와 그렇게만 살길 바라니? 보기 난처하다고 안 보겠다는 건 뭐야? 아빠가 어디 남이야?"

"아빠 얘기는 꺼내지도 마!"

은수는 질색하며 고개를 저었지만, 세희는 들은 척도 안 했다. 투정이라 생각하지는 않았지만 그래도 이제는 멈춰야 했다.

"왜? 왜 못해? 그래도 내가 보기에는 좋기만 한 아빠더라. 그래도 넌 행복한 아이야. 난 그렇게 미워하고 원망할 아빠도 없어."

"차라리 없는 게 나아. 이게 뭐야?"

"나도 처음에는 그렇게 생각했어. 우리 아빠는 언제나 술에 취해 아무것도 할 수 없는 알코올 중독자였어. 취하지 않으면 날 더욱 힘들게 하고. 그래서 난 차라리 그런 아빠에게 술을 사다 줬지.
그럼 아빠는 딸이 무슨 짓 해서 사 왔는지 그런 건 상관도 않은 채
태연히 받아 마시고 다시 몽롱한 아빠의 세상으로 돌아갔어. 자식
때문에 괴로워할 줄도, 분노할 줄도 모르는 그런 아빠였다고. 그
래서 난 아빠를 미워했어. 차라리 없는 게 낫다고 생각했지. 다른
아빠들처럼 무엇 하나 남겨 주지는 못할망정 이게 뭐냐고 원망하
며. 정말 제발 죽으라고 속으로 빌었어. 중학교 2학년짜리 아이
가. 하지만 아니야. 이제는 미워하지 않아. 미워할 수도 없게 벌써
저 먼 하늘나라에 가 있지만, 이제는 그곳에서나마 편안히 쉬시라
고 빌어 줄래. 왜 그런 줄 아니? 세상의 아빠는 저마다 다르다고
생각했는데, 아니었어. 아빠라는 이름의 그 자리는 모두 같은 것
이었어. 곁에 있을 땐 미워할 수라도 있었지. 이제는 미워할 수조
차 없어. 그게 얼마나 더 외롭고 힘든 줄 아니? 사랑 따위는 기대
하지도 않았어. 그런데도 그리워. 하지만 너희 아빤 아니잖아. 만
약 널 또다시 버린 거라면 그건 사랑하니까, 너무 사랑하니까, 차
라리 널 버리고 싶을 정도로 가슴 아프고 분노해서일 거야. 어쩌
면 이런 너보다 그렇게 버린 아빠가 더 괴로워하고 있을지도 몰
라. 그리고 언젠가 그 아픔과 분노가 삭으면 반드시 돌아오실 거
야. 미워하더라도 그때 미워해. 그렇지만 돌아온 아빠를 보면 미
워할 수 없을걸."
　회상에 잠겨 고백을 마친 세희는 지친 듯 몹시 힘겨워 보였다.

은수도 소리 없이 어깨를 들썩이며 고개를 떨구고 있었다.

어느 결에 준영이 와 있었다.

"어, 오빠!"

세희가 반가운데도 흘러내리는 눈물을 훔치느라 고개를 돌렸다.

"응, 그래. 은수도 왔구나?"

들어서던 준영은 좁은 의자에 쪼그려 앉아 고개를 떨군 채 세희의 이야기에 귀를 기울이고 있는 은수의 모습에 마음을 놓았다. 이렇게 밤늦게 엄마의 포장마차를 찾아온 것이 다름 아닌 은수 본래의 모습이었다. 스스로는 무슨 핑계를 생각했든 이렇게 돌아오고 싶었다는 의미가 아닐 텐가.

"언제 왔어?"

세희는 벌써 멋쩍게 웃으며 얼굴을 붉혔지만, 은수는 여전히 고개를 떨군 채 금방이라도 허물어질 듯 보였다.

"응, 다 들었어."

준영은 푸근한 미소로 허탈한 세희를 위로했다.

"치……."

"괜찮아. 세희도 다 컸네. 난 철부지인 줄만 알았더니, 아니야. 의젓하고 어른스러워. 아마 은수도 다르지 않을 거야. 힘들었을 텐데 잘 돌아왔어. 아마 엄마도 이젠 네게 학교 가라, 뭘 해라, 일일이 말씀하지 않으실 거야. 그래, 이젠 너도 어른이 됐으니 스스로 알아서 해."

어깨를 다독거리는 준영의 손길에 은수는 가만히 고개를 들었다. 촉촉이 젖은 눈빛에 수없는 갈등이 녹아들고 있었다.

"나 정말 괜찮아요?"

무엇을 묻고 있는 것인가. 두려움, 모든 것을 벗어 버리고 훨훨 날고 싶은 간절함……. 준영은 힘차게 고개를 끄덕였다.

"그럼, 괜찮지 않고. 너는 뭐든지 할 수 있어. 다 벗어던져. 홀홀 벗어 버리고 자유롭게 날아 봐. 활짝 날개를 펴서 힘차게 허공을 가르는 거야."

그렇게 돌아서면 되는 것을, 은수는 멀리 헤매다 힘겹게 돌아왔다. 누가 길을 찾아 준 것도 아니었다. 처음부터 알고 있던 길이었다. 이제야 마음을 다진 것뿐이었다. 이제 다시는 쓰러지지 않을 것이다. 흔들리지도 않을 것이다.

"왜, 이 밤중에 뭐가 필요해서?"

함께 집으로 향하는 길에 24시간 편의점 앞에서 걸음을 멈춘 세희가 은수의 등을 떠밀었다.

"일단 들어가 보자니까."

세희는 별다른 생각 없이 들어선 은수의 손을 잡아끌고 생활 용품이 가지런히 정리되어 있는 진열대 앞으로 다가갔다.

"……?"

세희가 고갯짓으로 가리킨 것은 핸드크림이었다. 그제야 엄마에게 선물이라도 하라는 뜻임을 알았다. 그러나 은수는 여전히 멋쩍어 쭈뼛거리고만 있었다.

"뭐 해, 빨리 들지 않고?"

세희가 먼저 꺼내 들고 서둘러 계산까지 치렀다.

"그럼 네가 하는 선물이네?"

"아니야, 잠시 외상이야. 너 어디서건 월급 타면 이 돈부터 갚아, 열 배로."

"뭐? 이런 엉터리……."

가벼운 발걸음이었다. 둘이 함께 걷는 데다가 홀가분한 마음이 더해져 더욱 그랬을 것이다. 멀리 옥탑방에는 아직도 불빛이 환했다. 엄마는 아직 잠들지 않았을 것이다. 은수가 잠시 멈칫거리자 세희가 슬며시 등을 밀었다.

"너, 나 중학교 때 기억하니?"

문득 세희가 물었다.

"뭐?"

"나 굉장히 어두운 아이였잖아, 넌 밝고."

기억이 또렷했다. 그때는 정말 철도 없었고 거리낌도 없었다. 마냥 기쁘고 즐거워 언제나 행복한 미소, 밝은 웃음뿐이었다. 허공을 날아다니는 작은 깃털 하나에도 웃음이 터져 나왔고, 밤을 새워 수다를 떨어도 지칠 것 같지 않은 날들이었다. 하지만 그때의 세희는 어둡고 두려운 아이였다. 언제나 혼자서 주변을 떠돌며 누구라도 걸리면 무서운 맹독을 내뿜을 뱀처럼 차가웠다.

"그랬나?"

은수는 잊어버린 척 고개를 갸웃거렸지만 세희는 스스로 고개를 끄덕였다.

"난 그때 네 그 밝은 웃음이 정말 부러웠거든. 뺏을 수 있는 것이라면 뺏어 버리고 싶도록. 그때 난 결코 웃음이 나오지 않는 처지였거든. 그래서 다른 애들은 그렇게 괴롭히면서도 넌 오히려 맴돌며 지켜보기만 했어. 혹시 누가 널 괴롭힐까 걱정까지 하면서."

"다른 애들도 다 나처럼 웃었잖아?"

"아니야. 다른 아이들 웃음은 너처럼 밝지 않았어. 다들 조금씩 그늘이 있었어. 그래서 더욱 미워했던 거야. 마치 날 비웃느라 억지로 웃는 것 같아서. 그건 그 뒤로도 마찬가지였고."

그래서였나. 공중전화 앞에서 쭈그려 앉아 있다가 만났던 그날도, 그리고 그 뒤로도 한참 동안 세희의 웃음을 본 기억이 없었다.

"하지만 지금은 아니잖아?"

"그래, 그건 영웅일 보고 나서부터야. 난 그런 너희 둘을 보고 처음으로, 세상이 아름답구나, 사랑이 예쁘구나, 이래서 슬퍼도 사람들이 웃을 수 있는 것이구나, 깨달았지."

"……."

"은수야, 내가 부탁 하나 할게."

세희는 정말 간절하게 말했다.

"뭘?"

"네게서 빼앗아 왔다고 다시 내 웃음을 되찾아 가지는 마. 넌 다시 만들어. 원래부터 잘 웃는 아이였잖아. 금방 다시 만들 수 있을 거야, 진짜 또 다른 네 걸로."

어느새 옥상이었다. 그새 엄마의 방은 불이 꺼져 있었다. 둘의 도란거리는 소리에도 엄마는 문을 열어 보지 않았고, 다른 기척도 없었다. 잠이 든 건가.

"세희야, 그만 들어가자."

"가만있어 봐."

지금까지 엄마의 가슴을 휘저어 놓은 것은, 은수에게는 일종의 투정이었다. 이제 가슴의 응어리가 풀린 마당에 그 무엇도 남아 있을 리 없었다. 그래도 곤한 잠을 깨워서까지 새삼스레 말을 꺼내기는 쑥스럽고 어색했다. 그러나 세희는 이미 불 꺼진 엄마의 방을 조심스레 열어 어둠 속을 두리번거렸다.

"어, 엄마……."

세희의 목소리가 살며시 떨렸다. 은수도 그제야 어둠에 잠긴 엄마의 방으로 고개를 돌렸다. 발치에 영웅을 눕혀 두고, 한쪽 구석에 쪼그려 앉아 있는 엄마는 두 무릎 사이에 고개를 파묻은 채 요동이 없었다. 마치 최후의 선고라도 기다리는 죄인처럼 잔뜩 웅크린 모습으로.

"엄마!"

"……."

이미 달라진 은수의 음성, 그 의미를 모르지 않을 터인데도 엄마는 대답이 없었다. 고르지 않은 숨소리가 아직 잠들지 않았음을 말해 주고 있었다. 소리 없이 엄마 앞에 무릎을 꿇은 은수는 손에 든 크림을 가만히 발치에 밀어 놓았다. 이제 갈등은 끝났다는 고백을 대신하여.

"미안해……."

그러나 여전히 눈을 감고 고개를 떨군 엄마는 돌아온 딸의 몸짓을 보지 못하였다.

모든 것이 끝났다고 다 체념한 하루였다. 차마 털어놓을 곳이 없어 전화기를 붙잡고 정숙에게 하소연만 했었다. 아무래도 되돌리지 못할 것 같은 느낌이다. 차라리 떠나 줘야 할 것 같다. 그렇게라도 세희와 둘이서 한 걸음씩 내걷도록 내가 비켜 줘야 할 것 같다. 울산으로 가야겠다. 달리 갈 곳이 없어 영웅이와 함께 네게로 가야겠다. 정숙도 울음의 뒤끝에 한숨을 토해 냈다. 그래, 그렇게라도 해 봐라. 아르바이트를 했다면 아직 희망은 남아 있다. 네가 잠시 비켜 주면 나아질 수도 있을 거다. 울산이야 네 집이다 생각해라. 영웅이도 금방 파도 소리와 친해질 수 있을 거다. 부디 네 마음속에서 포기하지만 마라.

"내가 미안했다."

불쑥 엄마가 말했다. 은수도 뭐라 말하고 싶었지만, 억누른 흐느낌에 못내 떨리는 엄마의 음성이 다시 어둠 속에서 이어졌다.

"언제나 자식에게는 미안한 게 부모라지만 난 너무도 부족한 것 같구나. 정말 좋은 엄마이고 싶었는데…… 열심히 한다고 애는 썼지만 결국 네 그 작은 가슴 하나 품지 못하고 널 더 힘들게 했어. 아무리 지치고 힘들어도 엄마 품에 들어오면 모든 게 잊혀지고 그저 따스해야 하는데. 미안해. 엄마, 곧 정숙이 아줌마에게 내려갈 거야. 영웅인 내가 데리고 가마. 그렇지만 이제는 전처럼 넋이 빠져서 나가는 건 아니야. 내가 곁에 있어 힘들어하니 멀리서 기다리며 지켜보려는 거야. 그러니 이제 전처럼 혼자는 아니야. 정말 힘들고 외로우면 아무 때고 엄마를 찾아. 그러면 우리 훨씬 쉽게 다시 시작할 수 있을 거야. 엄마 기다릴게."

"어, 엄마……."

그토록 힘들게 했구나. 떠날 생각을 다 하다니. 은수는 그만 할 말조차 잊었다.

"나도 너와 헤어지고 싶지는 않아. 하지만 네가 돌아올 수 있다면 엄마는 언제까지고 기다릴 거야. 죽음도 생각해 보지 않은 건 아니었어. 하지만 그러면 아빠도 곁에 없이 그대로 고아가 되어 버릴 너흰데…… 그래, 어떻게든 살 거야. 너희를 두고 나만 편하자고 먼저 갈 수는 없잖아. 파도 소리를 네 목소리라 여기고, 바닷가 모래알을 모두 너희라 생각하며 기다릴게. 영웅이도 네 곁에 있어 힘이 된다면 그렇게 해. 엄마, 아무리 외로워도 네가 돌아올

190

수만 있다면 다 참아 낼 수 있어. 미안하다. 이렇게밖에 할 수 없는 무능한 내가 스스로도 싫어. 한심해. 하지만……."

"엄마, 아니야. 내가 잘못했어."

"괜찮아. 엄마, 가여워하지 마. 엄마는 여태 행복했던 사람이야. 너보다 더 오랜 세월 동안 많이 행복해서 이젠 조금 외로워도 괜찮아. 그래서 더 미안한 거야, 너희보다 더 많은 행복을 엄마 혼자 가져서."

힘없이 늘어진 어깨. 아무런 죄도 없으면서 죄인이 되어 고개조차 들지 못하는 엄마. 그런 엄마의 가여운 가슴을 모질게도 후벼 파, 기어이 엄마 스스로 떠날 마음까지 먹게 했다니. 은수는 와락 엄마의 품으로 달려들며 그동안 참았던 눈물을 내쏟았다.

"엄마, 가지 마. 다신 안 그럴게. 내가 잘못하고서도 엄마 잘못인 양 탓한 건 너무 겁나서였어. 이제 겨우 그걸 알고 이렇게 엄마 곁에 왔는데 또 떠나면 어떡해. 아무하고도 헤어지기 싫어. 엄마도, 영웅이도, 모두 함께 있어야 돼. 이젠 정말 헤어지는 게 무서워. 힘들어도 곁에서 지켜 줘. 더는 엄마 힘들게 안 할 거야. 약속해. 정말이야."

"은수야."

무척이나 정 많고 끔찍이도 엄마를 생각하던 그 딸이 돌아온 것이다. 자신의 상처가 채 아물지도 않았는데 엄마를 위안하려는 것이다.

"은수가 선물도 사 왔는데……."

불을 켜며 세희가 투정처럼 울음 섞인 목소리로 중얼거렸다.

엄마는 그제야 눈을 떴다. 영웅의 곁에 밀쳐져 있는 작은 비닐 봉지 속의 화장품. 단번에 알아볼 수 있는 눈에 익은 핸드크림이 아닌가. 네가 이렇게 나를 생각하고 있었구나. 아니, 그보다 더욱 반가운 건 진정 돌아왔다는 것이었다.

"은수야!"

그제야 와락 껴안으며 엄마는 딸의 얼굴을 눈앞에 마주했다. 다시는 이렇게 바로 보지 못할 줄 알았다. 영원히 뒤틀려 원망과 증오만이 가득할까 두려웠던 어두운 얼굴. 그런데 함빡 눈물에 젖은 그 얼굴에 이제 어둠은 없었다. 가볍고 맑은, 처음 그대로의 모습은 아니지만 그래도 희망이 묻어 있는 설레는 얼굴이었다.

"그러면 그렇제, 우리 은수가 누구 딸이고? 니는 괜시리 바쁜 내까지 올라오게 하고."

"그래, 미안해. 왜 올라왔어? 기다리지."

"뭐라꼬? 니는 내가 가만히 앉아 기다릴 사람으로 보이더나?"

"알았어, 잘못했어."

"헤헤, 그러면 됐다. 사실은 너희가 보고 싶어가 곧 한 번 올라고 캤다. 우쨌기나 잘됐으니 참말로 좋다. 이제 한시름 났다."

새벽바람으로 쳐들어온 정숙의 수선이 신바람으로 가득했다.

대답하는 혜경의 목소리도 매우 밝고 기운찼다. 웃음이 가득한 옥탑방에 눈부신 아침 햇살이 밀려들었다.

"아이고, 이게 누고? 준영이 총각."

들어서는 준영의 모습에 정숙은 반색하며 두 팔을 벌렸다.

"어, 아주머니 오셨네요. 안녕하세요? 잘 지내셨어요?"

"그래. 그란데 곧바로 어데 가노? 아침 묵고 가라."

보아 온 장거리를 내려놓으며 돌아서려는 준영을 정숙이 붙잡았다.

"그래, 준영이. 우리 다 같이 아침 먹자."

"그럼 그럴까요. 라면만 먹던 위장이라 갑자기 어머니가 해준 밥 먹으면 놀랄 텐데……."

들뜬 분위기에 기분이 좋았던지, 바쁜 준영이 슬며시 앉았다.

이런 게 가족이었구나. 밥상에 둘러앉은 훈훈한 온기에 혜경은 콧등이 시큰거렸다. 정숙의 수선은 여전했고 세희는 연방 박자를 맞췄다. 아직 드러내고 말은 안 했지만 은수 역시 살포시 미소로 밥상을 밝혔다. 남편의 빈자리가 유독 커다랗게 혜경의 가슴속에 그려졌다.

"좋다, 우리 은수가 활짝 웃으니까 내사 마 날아갈 거 같다. 잘했다, 참말로 잘했다."

벌써 몇 번인지 모를 반복되는 정숙의 말에 은수는 또 고개를 숙였다.

"죄송해요."

"아이다, 니가 와 죄송하노? 그리고 혜경이 니는, 앞으로 야들한테 이래라저래라 억지로 그카지 마라. 야들이 어디 알라들이가? 다 컸다. 속이 꽉 찬 게, 니보다 뭐든 더 잘 알아서 할 기다."

"그래, 그렇게 할 거야. 그동안 내가 잘못 생각했어."

"하모, 우리사 이제 야들보다 새카맣게 뒤졌제. 세상이 얼매나 빠르게 변해 가노."

혜경도 진작에 그렇게 마음을 정했다. 학교고 무엇이고 모두 은수의 뜻에 맡겨 둘 생각이었다. 어쩌면 그 모든 것이 자신의 욕심이었는지 모른다. 물론 지금도, 더 배우고 처음의 자리로 돌아가야 한다는 생각에는 변함이 없었다. 하지만 그것도 제 마음이 내킬 때까지 기다려야 할 일이었다. 상처는 씻어 내어서만 되는 것이 아니라 저절로 아물어야 한다는 사실을 뒤늦게 깨달은 것이다.

먼저 밥숟가락을 내려놓은 영웅이 탁자 위의 액자를 품에 안으며 정숙을 힐끔거렸다. 자랑하고 싶은 모양이었다.

"영웅이 니는 그게 뭐꼬?"

"우리 아빠."

기다렸다는 듯 영웅은 정숙에게 액자를 내밀었다.

"그래, 어디 한번 보자."

진작부터 눈여겨보았지만 정숙은 모르는 척 영웅의 기대를 저버리지 않았다.

"아이고, 영웅이 아빠는 우째 이래 잘생겼노? 영화배우 뺨친다. 거기다 머리도 좋제, 영웅이도 좋아하제, 정도 많제······."

혜경과 세희는 슬며시 은수의 눈치를 살폈다. 은수는 변화 없이 무심한 표정이었다. 혜경이 안쓰러워 은수를 불렀다.

"따뜻한 물 좀 가져올래?"

왜 그런 엄마의 마음을 모를 텐가. 은수는 희미한 미소로 대답을 대신하고 소리 없이 방에서 나갔다. 정숙은 이내 혀를 차며 참았던 속마음을 입 밖에 내놓았다.

"쯧쯧, 독하다. 참 너거 신랑도 어지간히 독하다. 마누라, 자식새끼 다 외면하고 어디로 떠났단 말이고? 이제 고마 돌아올 때도 됐구마. 아이고, 정신없다, 정신없어."

모두 입을 다문 채 서로를 외면했다. 누구에겐들 그런 마음이야 없을 텐가. 다만 너무도 아파하는 은수가 가여워 들춰 내지 않았을 뿐.

문득 정숙이 고개를 갸우뚱거리며 혼잣말처럼 중얼거렸다.

"이상타, 그럴 사람이 아일 긴데······ 혹시 교통사고당한 거 아이가? 그거는 경찰도 모르는 경우가 있다 카든데."

갑자기 준영이 눈빛을 반짝였다. 문득 그날 저녁의 사이렌 소리가 선명하게 기억에 떠올랐다. 아시아공원 벤치 위에서 얇은 드레스 차림에 떨던 은수의 어깨 위에 잠바를 걸쳐 줄 때, 바람보다 더 차갑게 스쳐 지나던 앰뷸런스의 사이렌 소리.

"어머니, 혹시 저 사진 말고 다른 건 없어요?"

"왜, 왜?"

벌써 혜경은 떨고 있었다.

"그날 설핏 봐서 정확하게 얼굴을 기억하지 못하겠어요. 제가 한번 찾아볼게요. 미처 그 생각은 못했어요."

짚이는 데가 있는 듯한 준영의 눈치에 모두의 얼굴에 설렘과 긴장이 뒤엉켰다.

17

시간이 지날수록 준영은 점점 기대가 커져 갔다. 교통사고 환자의 치료비는 대부분 자동차 보험으로 처리됐다. 병원 측에서는 군이 신원 확인에 매달릴 까닭이 없었다. 더구나 의사는 치료만 담당했고, 원무과에서는 손이 모자랐다. 결국 사고였다면 그렇게 병원에 누워 있을 가능성은 충분했다. 그렇지만 쉽지 않은 일이었다. 바쁜 중에 틈틈이 시간을 내어 수많은 병원을 일일이 찾아야 했다. 다행히 신원이 확인되지 않은 교통사고 환자는 그리 많지 않았다.

서류를 뒤적이던 원무과 직원이 고개를 들었다. 슈퍼마켓 오전 영업을 끝내고 잠시 틈을 내서 찾아온 병원이었다. 준영은 언제나처럼 묵직하게 어깨를 눌러 오는 긴장감에 벌써 입 안이 칼칼했다.

"그런 환자가 한 사람 있기는 한데……."

별로 기대하지 않는다는 사무적인 말투였다.

"병원에 오신 지 얼마나 됐죠?"

"아마 석 달 조금 넘었을 거요, 교통사고였는데."

시기적으로는 거의 비슷했다. 단란주점으로 은수를 찾아왔던 그때가 크리스마스를 얼마 남겨 놓지 않은 무렵이었으니.

"혹시 사고 장소가 어딘지……."

"글쎄요, 어디 봅시다."

직원이 기록을 확인하는 짧은 순간이었다. 가슴이 두근거렸다. 매번 그랬지만 왠지 더욱 특별한 느낌이었다.

"예, 잠실에서 사고가 났네요. 밤 9시경이었어요."

틀림없었다. 여러 병원을 돌아다녔지만 이렇게 시간과 장소까지 비슷한 경우는 처음이었다.

"그럼 아직도 중환자실에 계신 건가요?"

"아니에요. 일반 병실로 옮겼어요."

"예? 그럼 의식이……."

"그렇지는 않은데, 아무튼 그건 담당 선생님께 물어보세요. 신경 외과 병동이에요."

더 물어볼 것도 없었다. 준영은 나는 듯이 뛰어 병동으로 향했다. 그곳 간호사는 금방 고개를 끄덕이며 병실로 앞장섰다.

"저쪽 끝에 계신 분이에요."

여섯 개의 침대가 마주 놓인 병실 구석자리 창가. 환자복을 입은, 짧은 머리카락과 덥수룩한 수염의, 링거도 없이 그저 죽은 듯

누워 있는 사람. 준영은 단번에 그를 알아볼 수 있었다. 은수 아빠였다. 눈매인지, 얼굴 윤곽인지, 꼭 집어 말할 수는 없어도 느낌이 그랬다. 그래도 혹시나 싶어 주머니 속의 사진을 꺼내 보았다. 역시 틀림없었다.

"은수, 은수 아빠시죠? 영웅이 아빠시죠? 맞죠?"

대답이 없었다. 들뜬 준영의 손길에 감고 있던 눈을 뜨기는 했지만, 멍하게 풀린 눈길이 그저 천장을 향했을 뿐이었다.

"아저씨, 아저씨, 은수 아빠 맞죠? 그렇죠? 예?"

"……."

말끔했다. 흔적은 있었지만 상처는 벌써 다 아문 모양이었다. 핏기 없는 해쓱한 얼굴로, 다만 아직 꿈에서 헤어나지 못한 그런 무의식 상태 같았다. 미소도 없었다. 고통도 묻어 있지 않았다. 모두 포기해 버린, 그런 처절한 체념 같은 회색 그림자가 언뜻 느껴졌다.

"찾는 분이 맞으세요?"

"예? 아, 예."

나이 지긋한 의사가 등 뒤에서 물었다.

"그런데 이분 왜 이러시죠? 의식이 없는 건가요?"

의사가 고개를 저었다.

"그럼 기억 상실, 뭐 그런?"

"그럴 수도 있겠지만, 아직은……."

준영이야 짧은 상식이라지만 의사도 고개를 갸웃거렸다. 처음

병원에 실려 왔을 때는 생존이 의심되던 상태였다고 했다. 그런데 무의식중의 어떤 강한 의지였는지 그는 서서히 회복하기 시작했다. 하지만 외과적 치료가 끝나고 곧 깨어나리라는 의사의 기대는 차츰 무너져 갔다. 도무지 의식이 돌아오지 않고 있었던 것이다. 준영이 생각하는 기억 상실과 같은 것도 그다음의 일이었다. 성장하던 아이의 발육이 어느 날 갑자기 중단된 듯, 돌아오려던 바로 그 어느 고비에서 까닭 없이 멈춰 버렸다는 것이다. 그리고 죽은 듯이 꼼짝 않고 드러누워 삶도 죽음도 아닌 세계를 끝없이 헤매고 있다는 것이었다.

"마치 환자 자신이 깨어나기를 거부하는 것 같아요. 처음의 강한 생존 의지와는 달리 어느 문턱에서 갑자기 돌아서 버렸어요. 그래서 우리도 가족을 찾으면 달라지지 않을까 기대했는데……."

"아저씨, 은수 알죠? 아저씨 딸 은수요. 영웅이도 있잖아요? 아저씨 아들 영웅이는 생각나요?"

여전히 꼼짝도 안 했다. 준영은 찾았다는 기쁨보다 오히려 더럭 겁이 났다. 이 모습을, 이런 안타까움을 모두가 어떻게 이겨 낼지. 은수가 더 걱정이었다. 의사 말대로라면, 가장 커다란 충격을 받을 사람은 바로 은수였다. 죽음마저 이겨 넘긴 강한 의지를 스스로 꺾어 무너뜨린 아빠의 거부라면…….

"응, 준영이, 왜?"

김밥을 말던 기름 묻은 손으로 생각 없이 받아 든 전화였다.

"저……."

알싸한 느낌의 두려움과 긴장이 전신에 소름을 돋게 했다. 준영의 머뭇거림에 혜경은 금방 남편을 떠올렸다.

"어서 말해."

벌써 기운은 다 빠져 버리고 전화기를 들고 있는 손마저 후들거렸다.

"저…… 찾았어요, 아저씨."

"그, 그래? 어, 어디야?"

가슴은 울렁거렸고, 귓속은 웅웅거렸다.

"저, 그보다, 은수는 나중에…… 우선 어머니가 먼저……."

그랬구나. 역시, 그래서 쉬 돌아올 수 없었던 것이구나. 혜경은 준영이 전해 주는 이야기에 눈앞이 아득했다. 정숙이 불쑥 내뱉은 교통사고, 그리고 준영이 사진을 찾던 그때부터 마음 한곳에 자리 잡던 꽉 막힌 체증 같은 불길함이 있었다.

"영웅아, 영웅아!"

전화를 끊으며, 그제야 급하게 아이를 불렀다. 다행히 영웅은 유치원에서 돌아와 있었다.

"응, 엄마?"

황급한 엄마의 목소리에 동그랗게 눈을 뜬 영웅을 앞에 두자, 무엇을 어떻게 해야 할지 정신이 없었다. 옷을 갈아입혀야 하나,

기름 묻은 손부터 닦아야 하나, 빨아 두었던 그이의 옷을 챙겨야 하나…… . 허둥지둥 잠시 방 안을 헤매던 혜경은 덥석 영웅의 손을 움켜잡고 무작정 내달렸다.

"엄마, 신발."

영웅이 정신 빠진 혜경의 맨발을 가리켰다.

"응? 응."

그러나 되돌아선 건 시늉일 뿐이었다. 그까짓 신발이야 아무렴 어떠랴. 남편이, 아빠가, 그토록 그리던 그이가 그곳에 있다는데. 이젠 아무래도 좋았다.

"엄마, 어디 가?"

택시를 타고서도 여전히 눈이 휘둥그런 영웅이 엄마의 맨발을 힐끔거리며 물었다. 금방이라도 울음을 터뜨릴 기색이었다.

"응? 응, 아빠, 아니, 형, 준영이 형…… ."

영웅이 놀라지 않을까. 벌써 잊어버리지는 않았겠지만, 그래도 정신 나간 아빠의 눈빛에 겁이라도 먹는다면, 놀라서 왈칵 울음이라도 터뜨린다면.

"준영이 형? 왜?"

"응? 응, 그냥."

"와!"

영웅은 금방 환하게 밝은 얼굴로 돌아가 한껏 소리를 내질렀다. 뜻밖의 외출에 신이 난 모양이었다. 비로소 눈물이 솟구쳤다. 그리움이, 쌓였던 그리움이 한꺼번에 밀려들며 비로소 실감되었다. 찾았다. 이제는 혼자가 아니다. 얼마나 보고 싶었던 그인가.

"엄마, 왜 울어?"

"응, 아, 아니야."

그래도 눈물은 멈추지 않았다.

이런 것이 부부였구나. 사랑이었구나. 그래, 혼자보다는 부부라는 그 이름만으로도 벌써 훈훈함이 더해지는데. 아무래도 좋았다. 곁에 있어만 준다면 그것으로 행복할 수 있었다. 아무것도 떠올리지 못하고 생각할 수 없다 해도 괜찮았다. 손발을 닦아 주고 평생 수족이 된다 해도 함께할 수만 있다면 되었다. 얼마나 그리웠던 사람인가. 그 빈자리 때문에 얼마나 힘겹고 시리던 날이었나. 흔들리지 않으리라. 이제는 울지도 않으리라. 다시는 놀라지도 않으리라. 어떻게 해야 하나. 손을 잡고 눈길을 마주쳐야 하나, 가슴을 부둥켜안고 두 볼을 비벼야 하나.

"여기요, 어머니."

병원 문 앞에서 서성거리고 있던 준영이 뛰어왔다.

"형, 준영이 형!"

"어디야, 어디? 영웅이 좀⋯⋯."

"예, 저쪽, 신경 외과 병동."

준영의 말이 채 끝나기도 전에 영웅을 준영의 손에 내맡기고 혜경은 허둥거리며 뛰기 시작했다. 위층에 멈춰 선 엘리베이터가 도무지 움직이지 않는 듯 느껴졌다. 한시가 급했다. 계단으로 뛰었다. 숨이 가쁘지도 다리가 아프지도 않았다. 그저 남편의 얼굴만 눈앞에 아른거렸다.

"이쪽이에요."

병실을 찾아 두리번거리는 사이, 엘리베이터 문이 열리며 준영이 내렸다. 준영이 병실 문을 열며 옆으로 비켜섰다.

"저기."

"여, 여보."

울지 않으리라던 다짐은 소용이 없었다. 벌써 그녀의 입술 사이로는 떨리는 울먹거림이 새어 나오고 있었다.

"……?"

그런데 없었다. 모두 낯선 얼굴들뿐이었다. 문득 자신을 바라보는 그들의 눈빛이 이상하게 느껴졌다.

"어머니, 저기 창가."

돌아보는 혜경에게 준영이 눈짓으로 가리켰다.

"오……."

창가 아래, 비어 있는 줄 알았던 침대 위에 남편이 있었다. 얼굴을 보지 않아도, 이불을 뒤집어써도 그대로 알아볼 수 있는 남편의 윤곽이었다.

"여, 여보! 여보!"

쓰러질 듯 달려간 혜경은 무작정 부둥켜안았다. 얼굴을 비비며,

그리움을 토해 내며, 몸부림을 치며 흐느꼈다.

"괜찮아요? 저 왔어요, 이제 왔어요. 여보! 여……?"

이상했다. 그토록 서러운 그리움과 반가움의 통곡에도 남편은 그저 죽은 듯 가만히 있었다. 무겁게 늘어진 사지만이 아내의 몸부림에 이리저리 흔들릴 뿐.

"여보, 은수 아빠! 영웅 아빠! 여보!"

그제야 섬뜩하도록 실감이 났다. 멍하니 허공을 향한 퀭한 눈동자의 초점 없는 시선, 하얗게 핏기 바랜 생기 잃은 얼굴, 바로 눈앞의 아내조차 알아보지 못하는 남편을 믿을 수가 없었다.

"여, 여보! 안 돼요! 정신 차려요! 여보, 나 왔어요! 정신 좀 차려 봐요."

이럴 리가 없었다. 준영에게서 들어 짐작하고 있었지만, 그래도 20년을 함께 살아온 이 숨결을 느끼지 못하다니. 내 목소리, 내 손길, 내 체온이 닿으면 금방이라도 벌떡 일어나 죽음의 사신이라도 털어 버릴 줄 알았는데.

"안 돼요. 이럴 수는 없는 거예요. 당신이 내게 이래서는 안 돼요. 제발 일어나요. 정신을 차려요. 여보라고, 혜경이라고, 은수 엄마, 영웅 엄마라고 불러 봐요. 제발, 한 번만 불러 봐요! 여보!"

흔들고 매달리고 울부짖으며 그리움을, 원망을, 애원을 담아 소리쳤다. 그래도 여전히 멍한 시선 그대로일 뿐이었다. 기가 막혔다. 눈물만 쏟아졌다.

"엄마, 누구야?"

영웅의 떨리는 목소리가 곁에 있었다. 번뜩, 그래 설마 자식인데, 하는 생각이 스쳤다.

"그래, 영웅아, 아빠야, 아빠. 아빠 불러 봐, 아빠."

아이를 안아 올려 남편에게 보여 주며 한 가닥 희망을 걸었다.

"빨리 불러 봐. 아빠, 해봐. 빨리!"

"아, 아빠."

날마다 손에서 놓지 않던 사진 속의 아빠인데, 초점 없는 눈빛에 놀랐는지 영웅의 목소리는 잔뜩 겁에 질려 들릴 듯 말 듯했다.

"여보, 영웅이에요, 영웅이. 영웅아, 다시 크게 불러 봐, 어서."

"아, 아빠, 아빠!"

"여보! 영웅아, 더 크게……."

미칠 것 같았다. 금방이라도 눈 한 번 끔뻑이면 장난처럼 웃으며 영웅아, 여보, 하고 일어날 것 같은 남편인데. 꿈이 아닌가, 살을 꼬집어 보고 싶었다. 차라리 찾지 못해 애태우며 그리던 때가 더 나았다. 갈가리 찢기는 죽음보다 더한 고통이었다. 어떻게 이럴 수가.

"아빠, 아빠! 아빠!"

그러나 여전히 아무런 반응도 없는 남편. 기어이 그토록 그립던 가슴에 쓰러져 하늘이 무너지는 듯한 통곡을 터뜨렸다.

"선생님, 우리 이 사람 어떡해요. 제발 좀 어떻게 해 주세요. 이

럴 사람이 아니에요. 이 사람 지금 잠자고 있는 거죠? 금방 일어
날 거죠? 이거 다 거짓말이죠? 그렇죠? 의사 선생님, 제발 좀 살
려 주세요. 이 사람 아무 죄도 없어요. 이렇게 쓰러질 이유가 없는
사람이라고요, 제발, 제발."

누구에게라도 매달려야 했다. 남편만 살릴 수 있다면 목숨을 내
놓아도 아깝지 않았다. 의사의 가운에 매달리며 혜경은 애원하고
또 애원했다.

겨우 서너 개 말아 놓은 김밥은 벌써 색깔마저 누렇게 변색되어
굳어 있었고, 단무지며 시금치 같은 김밥 속들은 좁은 방 안 가득
널린 채였다. 부엌에는, 닭발이며 생선 따위의 안줏거리들이 아직
손질조차 되지 않은 채 그대로 있었고, 양념을 해 놓은 돼지고기는
흥건히 물이 배어 나고 있었다. 여느 때 같으면 진작에 준비를 끝내
고 기다리고 있을 엄마였다. 무슨 일이 생긴 것이 분명했다.

"애도 안 보이는데, 이렇게 급하게 어딜 가신 거야?"

혹시 영웅이라도 있나 바깥을 둘러본다던 세희가 투덜거리며
돌아왔다.

"영웅이에게 무슨 일 있는 거 아니야?"

은수는 말없이 고개를 내저었다.

"그랬으면 벌써 내게 전화하셨을 텐데."

짚이는 데가 있었다. 이렇게 급하게 나간 흔적이라면 분명 준영

오빠에게서 무슨 연락이 온 것이 틀림없었다. 그렇지 않고서는 차분하고 깔끔한 엄마가 이렇게 늘어놓은 채 집을 비울 리 없었다. 더구나 아직 하루도 장사를 거르지 않았는데, 오늘은 그마저도 포기한 것이나 다름없었다.

정말 아빠의 소식이 있었던 건가. 그렇다면……. 불길한 예감에 저절로 고개가 내저어졌다. 만약 무슨 일이라도 있다면 모두 자신의 탓일 것만 같았다. 버렸다고, 막연히 버림받았다고 미워하며 원망했던 그 마음의 진실도 결국은 이것이었다.

"어? 이건 뭐야?"

방 안 구석에서 전화벨이 울렸고, 세희는 제가 걸고 있던 휴대 전화의 뚜껑을 닫았다. 엄마에게 전화를 걸었던 모양이었다. 벨소리가 그친 휴대 전화를, 벗어 둔 엄마의 앞치마 속에서 세희가 찾아냈다.

"전화기도 여기, 가만…… 혹시?"

흠칫 제풀에 놀라며 돌아보는 그 눈빛이 혼란으로 어지럽게 흔들렸다.

"주, 준영 오빠에게……."

손에 든 전화기를 내 보이면서 세희는 조심스레 은수의 눈치를 살폈다.

"……."

뭐라 말할 수가 없었다. 더 두려운 것은 은수였다.

재빨리 전화기 버튼을 누른 세희가 조심스레 통화를 시작했다.

"준영 오빠? 나, 세희."

은수는 잔뜩 신경을 곤두세워 귀를 기울였지만, 힐끔힐끔 눈치를 살피던 세희는 슬며시 문밖으로 나가 버렸다. 당장 쫓아가 전화기를 빼앗고 싶었지만, 꼼짝할 수 없이 짓누르는 압박감에 은수는 그대로 붙박여 움직이지 못하였다. 뭔가 좋지 않은 일임이 틀림없었다.

다시 세희가 들어왔다. 떨리는 눈빛으로 한참 동안 멍하니 은수를 바라보던 세희가 겨우 입술을 들먹였다.

"가자."

더 물을 것도 없었다. 걸음만 바빠졌다. 앞장선 세희는 왜 그렇게도 허둥거리는지. 은수는 이를 악물며 다리를 가누었다.

"아무도 못 알아보고 계시대."

택시를 타고서야 세희는 겨우 그렇게 한마디를 더했다.

이상하게도 눈물은 나지 않았다. 아빠를 향한 원망 같은 것이야 진심이 아니었다는 것을 진작에 알고 있었지만, 그 간절하던 그리움에도 이젠 모든 것이 텅 비어 버린 느낌이었다. 아빠, 하고 한 번 소리 내어 불러만 보아도 펑펑 하염없는 눈물이 쏟아져 메마른 가슴을 흥건히 적실 줄 알았는데. 은수야, 하고 부르는 그 따스한 품에 안기기만 하면 아프던 설움 모두가 씻길 줄 알았는데. 그런데 여태 아무도 알아보지 못하고 있다니.

차갑도록 하얀 병실이 무겁게 가라앉아 어둠 속처럼 느껴졌다. 다른 이들은 저마다 침대에 드러누워 천장을 향한 채 말이 없었고, 창가 한쪽에 모여 선 사람들은 죽은 나무처럼 우두커니 말이 없었다. 엄마는 지쳤는지 넋을 놓은 채 있었고, 영웅은 그런 엄마 곁에 기대어 깜빡깜빡 조는 듯 보였다.

저기에 아빠가 있는가. 침대까지 불과 몇 걸음도 되지 않을 그 짧은 거리가 천 리도 넘는 듯 아득하게 느껴졌다. 시야는 또렷했다. 그런데도 모두가 한 뼘 크기의 장난감 인형처럼 자그맣게 보여 거리감을 더했다. 한 걸음을 내디디면 금방이라도 무너질 듯 세상이 흔들려 더 이상 발을 옮길 수가 없었다. 가야 하는데, 어서…….

"괜찮아?"

고개를 끄덕였는데도 준영과 세희가 양팔을 붙잡았다. 아니야, 나 괜찮아. 다시 말하고 싶었지만 그대로 의지해 걸음을 뗄 수밖에 없었다. 그래도 세상은 마구 흔들리며 무너질 듯 위태로웠다.

머리카락이 짧았다. 누가 가르쳐 주지 않아도 그게 수술의 뒤끝임을 알 수 있었다. 하지만 하얗게 핏기 바랜 얼굴에는 별다른 흔적이 없었다. 괜찮은 것 같았다. 눈을 감았으니 잠이 든 것뿐이리라. 아무도 알아보지 못한다는 그 말은 잠을 깨우지도 않고 하는 공연한 말이려니. 그럼 그렇지, 우리 아빠가…….

"아빠…… 아빠, 나 은수…….."

대답이 없었다. 여전히 깊은 잠에 빠진 아빠는 눈을 뜨지 않았다. 덜컥, 그제야 겁이 나고 가슴이 터질 듯 쿵쾅거리기 시작했다. 그럴 리가 없는데. 한밤중 곤한 잠에 빠져서도 은수가 제 방문만 열어도 득달같이 달려오던 아빠였는데. 그래서 아무리 무서운 꿈을 꾸어도 마음이 놓였는데.

"아빠, 은수야. 눈 떠봐, 어서. 어서, 아빠, 아빠!"

왈칵 눈물이 쏟아졌다. 나무토막처럼 뻣뻣이 굳어 이리저리 아무렇게나 흔들리는 어깨, 팔, 다리. 그 뜨겁던 사랑은 어디 가고 생명의 온기만 겨우 남아 있는 서늘한 품. 아무리 흔들어도 도무지 깨어날 줄 모른 채 무겁게 감긴 두 눈. 금방 은수야, 불러 줄 것 같은데 얼어붙은 듯 꼼짝하지 않는 입술. 은수는 스르르 무너지듯 침대 위에 쓰러졌다.

"아빠, 잘못했어. 다시는 아빠 미워하지 않을 거야. 아니야, 미워한 게 아니야. 원망한 게 아니야. 내가 잘못해서 미안해서 그랬어. 아빠, 제발 일어나. 아빠, 제발 눈 좀 떠봐."

빌듯, 애원하듯, 중얼거리는 은수의 뺨 위로 그제야 주르륵 눈물방울이 굴러 떨어졌다. 모든 것은 자신으로부터 비롯된 일이었다. 그렇게 고함치며 발악하고 도망을 가지만 않았어도, 스스로 영웅을 버리고 미쳐 수렁으로 뛰어들지만 않았어도, 바보처럼 생각 없이 술집에만 나가지 않았어도, 굶더라도 죽더라도 단 며칠만 더 엄마를 기다렸어도, 아무리 차가운 눈빛에 실망하고 무서웠어도 엄마 아빠의 부모인데 할아버지 외할머니만 찾았어도, 하는 후회가 한꺼번에 몰려왔다. 단 한 걸음이 어긋나 모든 것이 뒤엉켜 버리는 바람에, 결국 아빠마저 이렇게 된 것이었다.

"아빠, 다시는 안 그럴게요. 앞으로는 그 모든 걸 씻을 수 있도록 열 배, 백 배 더 잘할게요. 정말이에요, 약속할게요. 지금도 잘 하려고 노력하고 있어요. 그리고 이젠 어떤 일이 있어도 아빠 엄마 믿을 거예요. 아니, 전에도 정말 아빠를 못 믿어서 그랬던 건 아니에요. 아빠를 믿으면서도 제가 바보여서 그랬어요. 아빠, 제발 그날 일은 잊으세요. 아빠가 잘못 본 거예요. 은수는 여기 있어요. 이렇게 아빠 곁에 엄마랑 함께 있잖아요. 이제 아빠, 눈 떠도 돼요. 아무 일도 없었어요. 다 꿈이었어요. 눈 좀 떠요. 아빠, 제발, 눈 좀 떠 봐요. 아빠!"

통곡이 되었다. 제 설움의 통곡이 아니라 진정 간절하고 애타는 맑은 눈물의 통곡이었다. 때 묻지 않은 영혼의 통곡은 핏물이 아니라 맑은 눈물이었다. 그 눈물에는 오직 안타까움과 애절한 기원만이 있을 뿐. 은수는 비로소 이제 다시 아빠를 사랑할 수 있었다. 아무런 기대 없이 아빠라는 이름만으로도 소중했기에 다시 영원히 사랑할 수 있었다.

"아빠, 이러는 게 어디 있어? 이러면 나 정말 아빠 미워할 거야. 아빠 딸이, 은수가, 이렇게 잘못했다고 용서를 비는데도 눈 감고 있는 아빠가 어디 있어? 그게 무슨 아빠야! 제발 눈 좀 뜨고 날 봐. 그리고 용서한다고, 다 잊었다고, 아무것도 모른다고 말해. 빨리! 아빠, 빨리!"

기어이 은수가 부둥켜안았던 아빠의 얼굴을 마주했다. 그리고 아빠의 감긴 눈을 제 손으로 떼어 눈길을 맞추면서 목이 터져라 소리쳤다.

"아빠, 나야, 은수! 몰라? 나 몰라? 은수야, 은수, 은수라고! 아빠! 어? 아, 아빠."

주르륵, 거짓말처럼 눈물방울이 아버지의 초점 없는 눈동자에서 흘러내렸다. 그래도 여전히 멍한 눈빛이었지만 그것은 분명 눈물이었다. 딸의 애타는 몸부림에 아버지의 눈시울이 마침내 잠에서 깬 모양이었다.

"아, 아빠, 나 보여? 나 알아? 은수, 알아? 나 알지, 아빠?"

피를 토하는 딸의 울부짖음에 모두 눈을 감고 외면했었다. 그러나 기적은 느낌만으로도 전해지는가 보았다. 떨리는 은수의 목소리에 모두가 불에라도 덴 듯 번쩍 고개를 돌렸다.

"여, 여보! 은수 아빠! 영웅 아빠!"

"의사, 의사, 빨리!"

준영이 달려 나갔다. 놀란 영웅은 덩달아 아빠를 불렀고, 세희는 눈물범벅으로 그런 영웅을 껴안았다. 옆 자리의 환자들도 벌떡벌떡 일어나며 고개를 기웃거렸다.

한참 동안 살펴보던 의사가 마침내 환한 미소로 고개를 들었다.

"어, 어떻게?"

"의식을 다시 회복하기 시작한 것 같습니다. 가족들을 보고도 반응이 없어 내심 걱정했는데 다행입니다. 아마 생각지 않았던 것들이 한꺼번에 들이닥쳐 본인도 꽤 혼란스러웠던 모양이죠. 하지만 이제는 환자가 모든 걸 받아들이는 것 같습니다."

"그럼 이제 곧 정상으로 돌아오는 겁니까, 모든 게?"

성급한 준영의 질문에 의사가 고개를 내저었다.

"그렇게까지 낙관하기는 아직 이르고, 우선 좀 더 두고 보자고. 일단 회복이 시작됐으니 의식이 돌아오면 재활 치료를 시작해야지. 처음 생사의 고비에서 보여 준 강한 의지력이면 충분히 가능할 텐데……."

"은수야, 고맙다."

엄마는 딸을 부둥켜안고 웃으며 울며 어쩔 줄을 몰라 했다.

그야말로 이제 다시 시작이었다. 더는 고통도 없을 것 같았다. 세상을 살며 부딪칠 수 있는 모든 시련은 다 겪은 것 같았다. 또 살면서, 설혹 이보다 더한 불행이 찾아온다 할지라도 다시 두려워하거나 감당해 내지 못해 휘청거리지는 않을 것 같았다. 모든 것은 마음먹기 나름이었다. 가장 밑바닥까지 곤두박질쳐 진정 소중한 것이 무엇이며 행복이 무엇인지 비로소 깨달은 느낌이었다. 혜경은 겨우 안도의 한숨을 내쉬었다. 마침내 마지막 고비를 넘겼구나. 이제는 잃었던 작은 것들을 하나씩 되찾으며 소중한 행복을 쌓아 가면 되겠구나, 생각하며 눈물을 삼켰다.

바빠지기 시작했다. 무엇보다 중요한 것은 남편의 간호였다. 그리고 포장마차도 그대로 접을 수는 없었다. 당장 생활도 그랬지만, 언제 깨어날지 몰라도 강하게 살아가는 가족의 모습이 남편에게 진정 힘이 되고 의지가 될 것이라 생각했기 때문이다.

간호에 손이 많이 필요한 시간은 아무래도 낮 동안이었다. 결국 포장마차 장사 준비는 은수와 세희가 맡고, 준영은 예전처럼 새벽 장보기와 저녁 장사를 도와주기로 했다. 그리고 혜경이 장사하는 밤에는 은수가 아빠 곁을 지키기로 했다. 이제 남은 영웅을 보살펴야 할 사람은 세희였다. 마침내 세희도 옥탑방으로 이사를 해야 했다. 아무튼 아이들까지 그렇게 저마다의 책임을 맡는다는 것에, 특히 세희나 준영에게는 염치없는 일이었지만 혜경은 다 같은 자식이라 생각하기로 했다.

18

'다행인 것은, 정말 다행인 것은, 그래서 내가 다시 살아 보고 싶다고 이렇게 애를 쓰고 있는 것은 소중한 가족이 내 곁에 그대로 남아 있기 때문이다. 활짝 웃으며 변하지 않은 밝은 그 모습 그대로 하루 종일, 무슨 할 말이 그렇게도 쌓였는지 쉬지 않고 재잘거리는 은수. 정말 내가 수술을 받으며 이상한 거짓말이 내 머리에 입력된 것이 아닌가, 요즘은 스스로를 의심하고 있으니까. 아무튼 난 이제 굳이 믿지 않아도 될 것을 믿으려 애쓰는 그런 어리석은 짓은 하지 않을 생각이다. 내 눈에 보이는 것. 눈을 뜨면 쉼 없이 재잘거리는 수다쟁이, 자는 척 눈을 감으면 금세 입을 다물고 책을 들여다보는 아름다운 내 딸. 이제는 제법 듬직해 보이기도 하는 늦둥이 우리 아들. 그렇게 억척스러워졌음에도 여전히 수줍고 다소곳한 사랑하는 내 아내. 또 누구인지 아직은 모르지만 내 아내와 내 아이들의 벗이 되고 위로가 되어 주는 소중한 친구들. 그런 좋은 것들만 기억하며 내 사랑을 또다시 시작할 수 있기를 나는 간절히 바란다. 이제는 그만 일어나고 싶다. 어서 긴 잠에서 깨어나 그리운 아내, 아이들 모두를 어루만지고 싶다.'

아내의 발소리가 들려왔다. 남편은 여전히 따스한 햇살 아래에서 자는 듯 눈을 감고 정겨운 소리에 귀를 기울였다.

"보세요. 은수가 다시 공부를 시작했어요."

'그래, 정말 그렇구나. 다행이다.'

"검정고시를 보겠대요. 그래서 내년에 친구들이랑 같이 대학에 들어가겠대요."

'그럼, 그래야지. 그보다 더 예쁜 생각이 어디 있어.'

"그런데 저놈 아예 책에 푹 빠졌나 보네요. 은수야!"

"아, 엄마!"

"엄마 온 게 안 보여?"

"아유, 보여요. 그런데 세희는?"

"응, 뒤에 영웅이랑 같이 와."

"아빠는?"

"주무셔. 봐라. 어? 언제 깨셨지?"

다가간 혜경은 이제 생기 가득한 남편의 두 눈을 들여다보며 살며시 한 손을 부여잡았다. 손등에서 전해지는 따스한 온기도 예전과 달랐다. 점점 되살아나는 남편의 체온이 혜경의 가슴을 설레게 했다.

"햇살이 너무 뜨거워서 아빠 덥겠다."

"그렇겠네요. 어디 그늘로 옮겨 드릴까요?"

언제 왔는지, 혜경의 말을 받은 것은 준영이었다.

"난 별로 모르겠는데, 아빠, 더워요?"

은수가 자리를 털며 무심코 말했다.

"여……보…….."

"그래요, 그럼 옮…….."

은수가 우뚝 멈추며 놀란 눈을 깜빡였다. 생각 없이 주고받던 말끝이라 모두가 제 귀를 의심했다.

"여, 여보, 방금 뭐라고……?"

"…….."

그러나 역시 대답은 없었다. 그저 힘겨운 남편의 표정만 안쓰러울 뿐이었다. 잘못 들었구나. 애쓰는 그 마음만 괜히 더 조급하게 만들었구나. 혜경은 다시 늘어진 남편의 손을 보듬어 무릎 위에 올려놓았다.

"미안해요, 천천히."

문득 남편의 손이 움직였는가 싶었다. 혜경은 짜릿한 전율에 몸서리를 치며 남편을 불렀다.

"여, 여보."

무릎 위에 올려놓았던 그 손이 어느새 자신의 손등 위에 다가와 있었다. 꼬물꼬물 손가락을 움직이며 조금이라도 더 다가오려는…….

"여, 여보! 은수 아빠."

"고……마……워…….."

힘겹게, 겨우겨우 들먹거려지는 입술. 그러나 또렷했다. 잘못들은 것이 아니었다. 분명 남편의 음성이었다.

"아, 여보!"

혜경은 와락 그 품에 매달렸다. 스스로 안도하듯 낮은 한숨과 함께 뺨을 타고 흘러내리는 눈물. 마침내 살아나기 시작했다. 언제까지라도 기다릴 테다, 긴 세월도 각오했는데 남편은 이제 숨을 쉬며, 눈물을 흘리며, 그렇게 살아서 돌아오고 있었다.

"아빠!"

"아저씨!"

"여, 여보, 고마워요, 고마워요."

"여……보……."

"그래요, 저 여기 있어요. 저 알아보죠? 고마워요, 여보."

"여보…….."

이제는 점점 또렷해지는, 언제까지나 그렇게 아내만을 부를 것 같은 남편의 음성이 혜경의 귓전에 머물렀다.

얼마나 많은 시간들이 삶이라는 이름으로 남아 있을지는 모른다. 그리고 그 시간 동안 또 얼마나 많은 시련이 닥쳐올지 모른다. 그러나 이제는 그 무엇에도 두려워하지 않을 것이다. 한순간이라

도 남아 있는 그 시간만이 소중할 따름이다. 불행이라 여기며 못내 슬퍼하던 그 모든 것도 사실은 한낱 꿈이었다. 진정 소중한 것을 곁에 두고서도 그것을 알지 못해 허둥거렸다. 소중한 것은 언제나 그대로 곁에 있었다. 떠났다고 생각했던 그 순간도 사실은 착각이었다. 믿지 못해 잠시 눈이 멀었던 것뿐이었다. 진정 떠났던 것은 오직 사랑을 잃어버린 그 자신뿐이었다.

그들은 하나였다. 사랑이란 이름을 스스로 걷어 버리지 않는 한, 영원히 부서질 수 없는 가족이었다.

김정현 연보

1957년   경북 영주 출생.

1996년(40세)   장편 『아버지』(문이당) 출간. 『아버지』를 통해, 가정과 사회로부터 설 자리를 잃어버린 이 시대 아버지들의 초상을 감동적으로 그려 수백만 독자들의 사랑을 받음. 장편 『무섬신화』(뫼), 『함정』(삼진기획) 출간.

1997년(41세)   장편 『아버지』로 『한국경제』 신문 1997년 상반기 한경 소비자 대상 10대 히트상, 한국 능률협회 선정 고객 만족 최우수 베스트 10 특별상 수상.

1998년(42세)   『아버지』 일본어판 출간. 장편 『외사랑』(삼진기획) 출간.

1999년(43세)   장편 『전야』(전 2권. 문이당), 장편 『여자』(삼진기획) 출간.

2000년(44세)   장편 『아들아 아들아』(삼진기획) 출간. 『아버지』 중국어판 출간.

2001년(45세)   장편 『어머니』(문이당), 에세이 『중국 읽기』(문이당) 출간.

2002년(46세)   청소년 현대문학선 『아버지』(문이당) 출간.

2003년(47세)   청소년 현대문학선 『어머니』(문이당), 장편 『길 없는 사람들』(전 3권. 문이당) 출간.

2004년(48세)   『아버지의 편지』(이가서) 출간.

어머니

초판 1쇄 발행일 • 2003년 3월 20일
초판 4쇄 발행일 • 2007년 1월 20일
지은이 • 김정현
그린이 • 정현주
펴낸이 • 임성규
펴낸곳 • 문이당

등록 • 1988. 11. 5. 제 1-832호
주소 • 서울시 성북구 동소문동 4가 111번지
전화 • 928-8741~3(영) 927-4990~2(편)
팩스 • 925-5406
© 김정현, 2005

홈페이지 http://www.munidang.com
전자우편 webmaster@munidang.com

ISBN 89-7456-300-2 83810